读·品·悟在文学中成长·中国当代教育文学精选系列

高长梅　王培静◎丛书主编

生活课

杜怀超 著

花山文艺出版社
河北·石家庄

图书在版编目（CIP）数据

生活课 / 杜怀超著. -- 石家庄：花山文艺出版社，2012.8（2024.6 重印）
（读·品·悟：在文学中成长·中国当代教育文学精选系列 / 高长梅，王培静主编）
ISBN 978-7-5511-1393-9

Ⅰ. ①生… Ⅱ. ①杜… Ⅲ. ①散文集－中国－当代 Ⅳ. ①I267

中国版本图书馆CIP数据核字(2013)第186078号

丛 书 名：读·品·悟：在文学中成长·中国当代教育文学精选系列
丛书主编：高长梅　王培静
书　　名：**生活课**
　　　　　SHENGHUO KE
著　　者：杜怀超

策　　划：张采鑫
责任编辑：王　磊
特约编辑：李文生
装帧设计：北京九洲鼎图书有限公司
美术编辑：王爱芹
出版发行：花山文艺出版社（邮政编码：050061）
　　　　　（河北省石家庄市友谊北大街330号）
销售热线：0311-88643299/96/17
印　　刷：三河市中晟雅豪印务有限公司
经　　销：新华书店
开　　本：710mm×1000mm　1/16
印　　张：10.5
字　　数：155千字
版　　次：2013年9月第1版
　　　　　2024年6月第3次印刷
书　　号：ISBN 978-7-5511-1393-9
定　　价：49.80元

（版权所有 翻印必究·印装有误　负责调换）

CONTENTS | 目 录

Chapter 1
第一辑 守望村庄

守望村庄	2
故乡的鸟巢	3
秋野	6
落雪	7
看霜	9
读麦	11
诗意的湿地	12
夜晚听蛙	15
乡村的歌者	17

Chapter 2
第二辑 菜根之香

故乡的香椿树	22
油菜花开	24

生活课

又见桑树	26
问荆	28
青苔情	30
大湖苇韵	32
永远的槐花	40
乡村灶台	42
红薯之香	43
怀念泥课桌	46
远去的火钳	48
檐灯	50
菜根香	52

Chapter 3

第三辑 烙太阳

父亲进城	56
重温农民	58
生活课	60
火红的福字	62
娘	64
圆圆的月饼	66

CONTENTS | 目录

秋天的火把	68
烙太阳	69
母亲的端午	71
贴春联	73
糖糕里的爱	75
纳凉随笔	76
情流感	78
草木父亲	79
空村	81

Chapter 4
第四辑 村事

村事	92
湖畔悲歌	94
泥味乡村	95
同情	97
夏夜的萤火虫	99

生活课

Chapter 5
第五辑 消失的农具

故乡的镰刀 …………………… 104
素描：耧 …………………… 106
父亲的耙 …………………… 109
怀念木锨 …………………… 111
消失的连枷 …………………… 113
忆锄 …………………… 116
说锤 …………………… 119
说锨 …………………… 121
写写刨子 …………………… 124
犁之情 …………………… 126
纺车 …………………… 129
草垛上的木杈 …………………… 132
独轮车 …………………… 134

CONTENTS | 目录

Chapter 6
第六辑 温暖的草垛

乡村年味 …………………………… 138

淮河 ………………………………… 139

守望平淡 …………………………… 140

温暖的草垛 ………………………… 143

锁 …………………………………… 145

窝篮 ………………………………… 147

一棵苹果树 ………………………… 149

父亲的秋收 ………………………… 151

过中秋 ……………………………… 152

三人行 ……………………………… 154

第一辑 / **守望村庄**

生活课

守望村庄

工笔，本是美术上绘画技法的一种，相对写意来说。在这里，我却要把对象指向村庄，指向冬日寒冷和萧条枯桔下的村庄。这看惯了的景致，平静而又朴素的诗意建筑，散发着浓郁的乡土气息的群落，固守着贫穷和淡泊的日子；就这熟悉得不能再熟悉的村庄，日日走过眼前，生我养我却不曾走过心灵的村庄，却在这个冬日大雪将融未融的午后，引发我对生命的唤醒和村庄的思索。

对村庄的阅读，最好是在冬天，一个有雪的冬天，雪未化，但天是晴朗的，红红的日头从天空上悠悠地走过。你栖脚的地方可以是寂寥的旷野，也可以是小河畔，最好是一所乡村小学里，学校建筑不多，但要有高楼，这时你正好没有课，在书声琅琅里，你搬了把竹椅，拖到走廊里，对这日头，在楼的最高处，一屁股地陷了进去。神思恍惚间，或许不久你就会发现奇异的现象，楼旁的麦田，远处的树林，不再是单纯记忆中的植物了，高大枯瘦的林子似乎是冬天长长的稀疏的头发，而碧绿的麦田似乎是茂密的胡须。黑色的树，绿色的麦，还有那黄色的草垛，灰色的村庄，摆开了一字长蛇阵式，打开冬日素净的扉页。

冬日下的村庄，特别是在大雪包围下的古老的村庄，最好是明清时期的古建筑，灰色的瓦，青色的城墙砖，高大的院墙，家前屋后再有那么一株或几株参天大树，一条小巷，就是村庄的直肠子，看得清楚又觉得模糊，谁也摸不透小村的悠久的历史。这时，你可能有一种感悟，那就是这样的村庄不再是原本意义上指向的村庄了，是一种内涵，是一种文化，有着历史的沉淀，原本简单的东西刹那间变得模糊和深邃起来，在小村活了这么多年，至今才发现仍走在了小村的边缘，孤孤单单地漂泊在田野的表面，那么肤浅和苍白。

行走在空荡荡的村庄，我忽然明白村庄为什么选择雪冬？抛却生命的绿色，舍弃丰收的金色，繁华落尽见真淳，这样，也许才有机会让我们看清楚属于村庄的山山水水来，看清楚大地上一种最顽强最具有灵性的植物。清澈的河水，枯黄的野草，臃肿的人们，随时随地都像是透露出一种温暖的气息，似乎到处响着这样的声音，请给我以火，请给我以火；村庄也不例外。

村庄是暖人的，也是养人的，特别是有底蕴有根有畔的村庄。历史土壤上养大的人群，似乎有那么一点淡泊明志、安居乐业的感觉，极尽平静之态。该忙时忙，该闲时闲，一张一弛，文武之道，一副生命祥和的态势；与陶渊明笔下的桃花源一样，人也陶陶，鸡犬也陶陶。市井里的明争暗斗，口蜜腹剑，两面三刀等在这里似乎与世隔绝了。生命和万千植物一样，一旦赋予了阳光、雨露和大自然的四季，就努力地生长，开花，结果，任随自然，苦难，幸福，痛苦，温情，以及生儿育女，生老病死，村庄是起点，也是终点；村庄关上一扇门，定会打开另一扇窗。

历史的车轮总是前行的，这是自然的规律，谁也抗拒不了。村庄随着城市的发展，越来越小，直到消失。目前，众多的人仍然在致力于向城市进军，向高大的建筑群奋斗，以实现城市化，这个理想总有一天会实现的。到那一天，人类只会把麻木的肉体安置在方格的鸟笼里，灵魂永远在外流浪，漂泊，无家可归。

故乡的鸟巢

在乡间生活过的人都看到过这样的景观，在苍天旷野之间，一棵参天的大树，褪去盛夏的衣裳，站在冬季绯红的残阳里，擎着一个鸟巢，成为我们视线的落脚点。黑色的树枝，密密层层地叠加，形成了乡村圆形的思想，停留于乡村宁静和高远的天空。在高高的鸟巢下，是安详和谐的村庄、忙碌的人群。

生活课

  我不禁思索,高处的鸟巢和低处的村庄,在冥冥中是否寓意着什么?

  背对乡村,我越来越执着于故乡的含义,特别是田园式的故乡,为什么故乡情牵着无数古今游子的情愫和魂魄?

  从城市回到故乡,看着在暮色里纷纷归巢的鸟儿,我感到了莫名的惊悸,一阵鸟群正从我的头颅里扑棱棱地飞走了……

  我不想矫情地叙述在走进城市之后的煽情,真诚地说,走进繁华的城市,是多少人年少的梦想,我也不例外。然而,随着时间的流逝,在城市虚华和浮躁、汽笛和水泥钢筋的膨胀、磨砺里,一种干枯的迹象似乎从身旁蔓延开来,生命的触角在冷漠的气体里,逐渐枯萎了。每个城市里的人,行色匆匆,越来越谨慎于钻进小楼,关紧防盗门,蜷缩在鸽子笼里,隔着玻璃审视着外面的世界。每到大雪围炉的冬天,金钱和机械包装的空调,在抵挡着我们的冷暖,而乡间熟悉亲切的烤火却成为回忆……隔着城市迷乱的灯火,我体验着一种精神的坍塌、生命的枯萎和无助的流浪。

  仰视天空,解读着故乡枝丫上的鸟巢,温暖的质感里,生命又一次地找到了生根、发芽的土壤和温床。我如鸟儿般徜徉在故乡的时空里,曾经熟识的一切都向我扑面涌来。

  门前,返黄的干草垛、圆形的落叶堆、空旷的乡场,还有稻田沟涧,藏起多少甜蜜的往事。在月色溶溶的夜晚,少年的我们一起卧在散发着香气的稻草上,吮吸着秋天成熟的气息,享受着喜悦的金秋。赶上阴雨的季节,我们就会从家里找到父亲捉鱼的工具,一种叫虾笼的渔具,置于流水的下游,不出一顿饭的工夫,几斤鲜鱼就捉到了。回到家,在母亲的侍弄下,典型的小鱼锅贴,不知要迷倒多少食客!

  要是赶上农忙,那家里的牛啊羊啊的放养,就会落到我们这些上学娃的身上。我们骑在牛背上,行走在绿色的田野里,眺望着河面上往来的白帆,那远行的帆樯勾起我们多少少年的梦想。累了时,就让牛自己在山坡上吃草,我们则自己躺在草地上,仰望着天上的白云胡思乱想,多少年后自己会怎样呢……天地间只有耳畔的风声。

  物质的乡村,诗意的乡村,丝绸般的乡村,包含着我们多少耐人寻味的东西啊！那些醉心的事儿，曾经那样靠近我的手、我的脸、我的脚，还有我们的心灵，直抵灵魂的深处。最让我激情的，是在春天的原野上，我走在生机勃勃的阡陌上，一抬脚，就是一撮绿，滋滋地从我的脚后跟冒出来，我整个人也仿佛是一棵绿色的植株，从无边的大地上长出来，长成了村庄四季守望的背影。此时，我总会一阵震颤，惊异大自然原来可以这样的壮美，乡间竟蕴含着无尽的神奇和魅力。

信步故乡，我默读着她的一页页文字，春天的打猪草、夏天的捕知了、钩槐花，秋天的捡稻穗、逮野鸡，还有冬季的掏麻雀、堆雪人；其间，还有湖里那绿色的芦苇荡，幽深的树林和充满神秘的葫芦崖……我越来越深刻地体会着故乡给予我的东西，使我多少年后离开她时，我才发现自己的瘦弱、寒冷和幼稚的理想。在外面钢筋水泥的磨炼中，我失去了触角，染上了冷漠、孤僻，还有自私；走过街头，看不见了满眼的生长，竟是各种商品、喧嚣的叫卖和赤裸裸的名利啊；从乡村带来的泥土、根以及翅膀统统在时间的吞噬中消亡了，只有赤裸的灵魂、褴褛的衣服、麻木的思想……

直到有一天，我外出归来，脚踏着暮色，急匆匆地行走在寂寥的大街上，两边是从不知名的角落里传来歌手多情的倾诉。恍然间，我读懂了故乡，读懂一种叫家的定义，追逐到最后，最真的家，竟然不是城市的鸽子笼，而是草木的故乡啊。那山，那水，那熟悉的鸡鸣狗叫，散发着芳香的炊烟，缠绕着我少年欢乐的乡场、河流，还有熟稔的菜园，父亲的锄头、母亲的针脚……故乡的枝枝蔓蔓、零零碎碎，一切的一切，原来都是孵我的鸟巢，所有的往事都搭成了故乡怀里的巢，在时间的深处，等待和守望着漂泊的我回来。

一棵草可以叫故乡，一条鱼可以叫故乡，一片落叶也可以叫故乡，哪怕天边飞舞的苇絮啊，都是故乡的面庞。丝绸般的故乡，是我的鸟巢，而我只是故乡的一只小小的鸟。生命的翅膀，属于的是淳朴的村庄、碧绿的田野和任意舒展的长空。

如果生命可以分为两份的话，物质的也许给了城市的喧哗，而属于灵魂的重量啊，恐怕只会向往着故乡的鸟巢了，因为那是翅膀的方向、命里的天空。

生活课

秋　野

秋收过后，曾经的绿肥红瘦在粉墨登场后徐徐落下帷幕，大地的舞台上转眼是一片无声的空旷。

每到这个光景，我总爱到乡间的田野里去闲游。脚踩在枯黄的杂草上，满眼那半黄半绿的稀疏的颜色，在小村袅袅的炊烟大幕下，心中总有种说不出来的滋味。刚才还是一派丰收繁忙的景象，眨眼之间就消失得无影无踪了。回想农人那孕育了多日的期待，融进了多少汗水和心血，一片绿叶一朵花都是在眼睛里守望中长大的、绽放的，那金黄摇摆的稻穗，饱鼓鼓的大豆，还有那娃娃般的山芋，在散发金光的秋阳下，弥漫着一股成熟的乡土气息。在泥土包含思想的静默中，大地上的植物们似乎约好了，一起谦逊地挺立着，好像在准备接受着岁月的洗礼，农人的检验。玉米棒上沾染的露珠，花生地里的殷实，以及从空中掠过的不知名的鸟儿，给乡村的田野增添了多少诗意和无穷的韵味。随着秋风的经意或不经意，带着无法演奏的音乐，谱出了让人类和自然快乐无比的快感和颤抖和充满痛感的幸福涟漪。

然而，一幅最伟大的艺术杰作，在一夜之间收藏起来了，大地和农人酝酿经久的作品瞬间隐藏起来。站在收割后的旷野上，辽远的天穹，低矮的村庄，脚下一片狼藉的枯枝败叶，还有点燃的上升的青烟，莫大的苍凉和寂寥，还有一种深深的失落感袭上心头，仿佛自身的衣服开始一瓣瓣凋零了，如母亲斑白的头发，父亲浓重的咳嗽，如水般漫过心田，感喟生命的壮美在植物的身上就这样转过了又一个轮回。

彼时的田野只有空白的一节，在深秋和即将到来的春天中间，留下一段耐人寻味的停顿。是休息、整理？还是积攒精神再踏上征途？或醒或睡的稻茬不说，倾斜的芦苇带着满头的思绪也默语，任凭时间的沉淀一圈圈落满额前，天地间仿佛一切都是寂然无声又寂然有声……

这个天高云淡的秋天，我独自走在无语的秋野里，在宁静里思考这短暂的停顿。是否它在暗示着我们人生的历程？有高峰，也有低谷？有灿烂的岁月，也有黯淡的日子？壮美的东西似乎往往在沉寂里爆发？也许，在下一个姹紫嫣红的春天来临之前，我们要思索的是如何迈开远行的脚步？

落　　雪

落雪的冬天似乎越来越罕见了。蜗居在淮河岸畔的小城，偶见零星的雪花之外，经年难再见到那曾经皑皑的白雪了。然而，从小在雪里长大的我，却越来越想念起雪，想念起那玉洁冰清的、漫天飞舞的厚厚的雪来。

对于它，我始终怀着一种很深的情愫。或许年少时它是我们最醉心的事物，记载着我们的欢笑和幸福的时光。设想一下，在乡村单调的时光里，童年的嬉戏除了那古老的庄园，那矮矮的干草垛；要不就是那经典的捉迷藏、闰土式的逮麻雀了。少年的心情宛如天上的流云、空中的云雀、夜晚的流星，瞬间汹涌澎湃又俄顷烟消云散。浓郁乡土味的乡场上，撒下未知的欢乐，还有懵懵懂懂的岁月。而最能留驻我们的足迹的，就是这年末冬季的雪花了。

雪仿佛是一种充满灵性的动物，它不在喧闹的白天里从天际里飘下，也不会在晨光熹微的时分里飞扬。最让我们等待和惊喜的是，它如杜甫笔下"随风潜入夜"的春雨，在你我酣睡的梦乡里悄悄来临了，从你我的枕畔，从茅屋的屋檐下开始抬足，轻轻地越过挺着铜戈铁干的树木，越过阡陌沟埂，来到麦苗之间，

生活课

来到了广袤的田野里，展开它那妩媚的裙裾，舞一支此曲只应天上有的霓裳。它用母性的温柔和大度，用它那世间少有的纯洁和细腻，还有那博大的胸怀，从温暖的夜晚到田野的庄稼，一片片，一针针，搭补着季节的衣裳，给庄稼以丰收的希望，给伤口温柔的抚慰，给乡村以欣欣向荣；黑暗中给人希望，阳光里又给人以雨露。炽热的情愫从庄稼的根部，一直流到你我的血脉里，给我们营养。天明时分，等到我们从慵懒的被窝里爬出来，推开柴门一看，呵，好大的一场雪啊！山川、河流、村庄，还有辽阔的原野，到处都是厚厚的雪，白茫茫的一片，情景着实让人感动，越过碧绿的麦田，这漫天满地的白雪，何尝不是一垄垄丰收的棉花，温暖着小村的日子？我们这些孩子才不管它是否及时，穿着鲜艳的冬装，奔跑在雪的稿纸上，不怕疼痛，跌倒了，摔下了，再站起来，爬起来，对着雪，再吹口热气，开怀般地大笑。那火红的衣服，如同灶膛里熊熊的火焰，借着大风，在村庄和田野里流窜着，燃烧着，似乎要把即将到来的春天惊醒。有时，和雪玩累了，我们就趴在雪的怀里，抱着它，亲吻着它，直到它钻进我们的衣服里，流进我们的心里……

在网上，我通过QQ把少年时雪的感受发给了在外远游的友人，友人隔着视频，半天黯然无语，深深地叹了口气，是啊，我们已经很久没有看到雪了。友人说，现在回想起来还真的很怀念少年时的雪来。那种率真率实的喜欢，敞开胸膛，一览无余地把雪搂在怀里，多么令人感动啊！少了冷漠，少了猜忌，少了虚伪，就这样，我们和雪走得很近，雪也和我们走得很近，走得紧密的还有那说不完的质朴的村庄和浓浓的乡情啊！不像现在，我们用金钱把自己包裹得紧紧地，在空格似的笼子里，在空调的保卫下，漠然地打量着外面的世界，谁还能感受到世间的冷与暖？

隔着耳麦，友人相约，让我们在网上下一场永远的"雪"吧，让那温暖的羽毛温暖你我麻木的肉体和心灵，复苏我们心灵经年的冻土。说完，只见屏幕上一片迷茫，鹅毛般的雪花大把大把地落下，寂然无声……

看 霜

俄国作家巴乌斯托夫曾说,每年冬天,他总要到列宁格勒(圣彼得堡)的芬兰湾,看霜,芬兰湾的霜,全俄国最好看的霜。我心一惊,霜有啥看?搜索记忆的链条,岁月里印象最深的烙印,则是乡下的秋霜。

我和霜相遇在那个记忆的清晨。秋收过后,旷野空阔静谧,村庄树木萧条。当我走出丰收后农人的酣梦之外,漫步在村落时,一些白花花的物什洒落在地上,粘湿在成熟后遗弃的稻草上。泛着寒光的霜与逐渐枯萎与衰败的稻草,在空荡荡的时间里,构成我内心莫名的悲凉。

天空无言,从苍茫里落下寒冷的霜,聚集在大地的内心。作为沉默的泥土,刚刚经过一番生死厮杀、农人把秋天搬回家之后,季节馈赠给它的竟是这漫天卷地的、一层层淡淡的白色的霜了。一种苍凉的气氛马上袭裹了我。

霜降一到,万木苦寒,耷拉着脑袋,卧伏在蜿蜒的阡陌上,满野满村狼藉的样子。这时,我乡土的父亲,总会从散发着牛粪味道的屋里来,穿着件去年的蓝布棉袄,肩背粪箕,走在清晨5点的乡路上,一团团牛粪,就是父亲早晨最好的太阳。牛粪拍成圆形饼,晒干后,那就是冬天上好的燃料了。

这是我对霜以及霜的情怀最乡土的记忆。

让我不能自已的是,就是这普通常见的霜,竟粘满诗行,令人浮想联翩。

最让人痴情的是那首《蒹葭》:"蒹葭苍苍,白露为霜,有位伊人,在水一方……"心神往之,是否在披红挂紫的秋天背后,我们才眺望到远方的佳人?恰如《西厢记》曰:"晓来谁染霜林醉,总是离人泪!"

生活课

　　查阅词典，原来，霜，不只是个简单的名字，如霜毫、霜鬓、霜蓬、霜雪、霜碾、霜草、霜女等词语，我最喜欢霜草，因霜而枯萎的草，就是俗称的相思草，而霜女，指的就是梅花。

　　究其看来，乡间的霜，宛如乡下的植物，与荷、梅等无异，蓬勃在岁月里，虽来自天堂，却栖于民间。你瞧，"停车坐爱枫林晚，霜叶红于二月花"。没有霜的滋润与拷问，哪里有燃烧似火的枫林？一团团深秋的火焰，是整个冬季的暖温。

　　霜，冷中折射出火的情愫、火的思想。宋人范仲淹在《渔家傲》云："羌笛悠悠霜满地，人不寐，将军白发征夫泪。"这是霜对边关将士们悲壮的安慰与怜爱；今人毛主席在革命年代，"独立寒秋"，留下了"万类霜天竞自由""长空雁叫霜晨月""寥廓江天万里霜"等经典霜句，也写下一位革命家的胸怀与壮志。

　　霜，是一种精神，是一种品格，更是一种超脱与清澈的修为。

　　从沉思里走来，父亲背着满满一粪箕的牛粪回来了。

　　父亲说，今早霜降，真是好兆头呢。

　　好兆头？我纳闷。

　　父亲哈哈大笑，庄稼和人一样，也要休息。这霜降一来，庄稼就休息不长啦；实际上也不是不长，是它们在为来年的春天积蓄力量呢。俗话说，霜早赛刀，霜晚赛烧，就是这个理儿。

　　父亲望着眉头紧锁的我说，回家歇歇吧，等着春天来到吧。

　　抬望眼，我又看见了霜，一羽别在父亲额前、渐渐消失的白霜。

第一辑｜守望村庄

读　　麦

农历五月，小南风一吹，乡间成垄成垄的麦子在农民的守望中成熟了。金色一片，煞为喜人。农谚云，黄金遍地，老少弯腰，恐怕就是指这收获时节吧。走过乡村，当我一眼望见这连天接地的金灿灿的麦穗时，整个人都有点魂飞天外，惊奇这大自然的杰作或壮举。大地呈现出来的美，是撼人心魂的美。金黄的麦穗，葱郁的树林，俨然的村庄，再添上村庄上空烟囱飘飞的悠闲思绪，好一派诗意的田园风光。当我们终日面对着都市喧嚣、冷漠、炎凉和名利的纷争缝隙之余，乍一见到熟稔朴实的麦子时，刹那间，我陷入了一片虚脱的境地，尘封的心灵之门訇然洞开了，透亮透亮的。

离开故土，我失去了与麦子的对视，但我从纸质的光阴或水泥的楼台中寻觅麦子时，更接近深刻。在那苍茫的天底下，绿色丝绸样的麦子在白雪的泥土上伸出嫩芽，穿过季节的风声，一路抵达累累的硕果，接近成熟，也就意味着越接近死亡啊！麦子不薄土地，也不薄农人。种瓜得瓜，种豆得豆。不问你贫富，也不求你高低，只要你给她一粒希望，交给大自然母亲，你就可以避开风风雨雨，端坐在夏日的凉席上，等待红五月的降临。其间，麦子的生生死死相争、各种生灵之斗，与你无关。她自己出芽、长叶、拔节、开花、结果，悄无声息地，不争较什么，也不怨恨什么，忠实地完成自己的生命之旅。难怪儿时诵读的《锄禾》，今天读来，依旧令人异常激动。"粒粒皆辛苦"，不仅是农人的汗水孕育出的，其中也包含着麦子本身对自然的挑战啊。

解读麦子，我才更加了解我庄稼地里的父亲，朴实善良勤劳，一生与犁铧庄稼打交道，用庄稼般的文字在大地这张稿纸上，播下生命的留言。麦子就是他生命的全部、灵魂的根系,他以仁厚之心无声地呵护着麦子和村庄。有关麦子的每一农事他都做得精心、细致和虔诚,麦子成了他的生命的拐杖,引着他走向生命的历程。有年夏季,洪水泛滥,淹没了我家几亩麦子,颗粒无收,只剩下一片荒芜。父亲流泪了,一种撕心裂肺的痛。我从未见过父亲如此的悲痛。父亲说,多年以后,他在梦中还听见麦子在大水里向他呼救啊,可他却听不见。为此,父亲整整沉闷了一个夏季。让我更不能忘怀的是,夏季阵雨过后,乡场上被碌碡压进土里的麦粒,在大雨的冲洗下,露出白胖胖的身子,每当这时,父亲不顾劳累,总会吆喝上我,带上扫帚和簸箕,蹲在乡场上,一下一下地抠土里的麦子。这半天也抠不出斤把麦子的劳作,却让父亲做得很认真。我当时对父亲这种行为深为不满,还说上几句牢骚话。今天,当我再对麦子作一番审视时,我很是内疚,一粒麦子不只是一粒麦子,它蕴含着父亲的全部思想,浓缩着父亲的一生。

郊外,我久久地徘徊在麦田旁,目光越过乡村,眺望远方的城市。大片的麦地正被钢筋混凝土的城市所蚕食,我想会不会有一天,麦田从地里消失了,金灿灿的麦子也会消失了,我们人类只能从回忆中去寻找她的影子?

诗意的湿地

笔会期间,主持人热情洋溢地对大家说,在尘世喧嚣之外,让我们一起去领略一下被美誉为遗世独立、羽化登仙、人间仙境的洪泽湖湿地吧。我深感诧异,作为五大淡水湖之一的洪泽湖,记忆里更多的是烟波浩渺,是水天一色,还有那舟楫往来、鱼虾欢跳、日出斗金的恬美,是苏北的母亲湖。生活在大湖之畔的人,谁知道还有一片"养在闺中"的风景?

驱车路上,心也一路颠簸。昔日"西藏"的苏北,随着时代的发展以及紧张快节奏的生活，人们在经济的路上挖空心思，寻求致富的机遇。没想到，却有一闲置的土地，在时间的水面上静默。透过车窗望去，密布如织的是方方正正的螃蟹塘，分割着湖水的波澜。脚下的每一片土地，每一道河流，似乎都布满了经济的目光。我猜测，或许这样的一块湿地，只不过是"小家碧玉"，是文人的"柏拉图"，是文化人对回归大自返璞归真的渴望。看看身边的城市楼阁，花儿在花盆里盘根错节，小鸟在鸟笼里飞翔，鳞次栉比的水泥森林代替了绿意盎然的参天大树。曾经翠绿的鸟鸣、浓浓的绿荫，都移植进了课本和插图中了。

车驶入湿地边缘，随众人一声惊叹，把我所有的想象瞬间化为齑粉，转而带给我们的是莫大的震撼，洪泽湖湿地，宛如从天上遗落人间的碧玉，是大自然对动植物的垂青，是人类洗礼生命的心灵之原野。

清澈明净的水波夹着绿意，沿着野草丛生的两旁窜来，从很远的湖面滑来几只不知名的鸟，时而停息，时而飞翔，仿佛在引领着我们。当它平静地出现在我们眼前时，一文友惊呼道，看，那奇特的鸟！那神情，仿佛我们只在图画上欣赏它的倩影。原本应与人和谐相处，同在一片蓝天下的鸟儿，如今却远离了人类很远很远。是鸟的错？还是人的错？渐渐地我们靠近了湿地，映入眼帘的是无边的芦苇、杂草地，高高低低地，蔓延开来，天地间，一切属于烟火的气息都消失了，只有鱼儿跃水的声响，只有苇荡间啾啾的鸟鸣，万亩荷花的清香隔着粼粼的水面飘来，令人心旷神怡，瞬间，尘世的名利纷争，尔虞我诈，都灰飞烟灭了，此刻求得的就是生命与自然的相通，在四季里自生自灭，不需鲜花，也不要机器式的掌声。耳畔不时鸣叫的声音，竟黄钟大吕般抵达心灵的坎儿；清晰，爽心，还有几丝甜甜的、翠绿的涟漪随波追逐水底的云彩。我注视着忘我的芦苇，不论高贵低贱，独守这片难得的宁静。在暮鼓晨钟里，看大湖舟楫穿梭，忙碌不停。记得一禅师问弟子，湖上帆几何？或名或利，两张帆，仅此而已。然芦苇不知得失，人却不如苇也。

随行的朋友告诉我们，洪泽湖湿地，占地23万公顷，生长着两万多亩芦苇，栖息着194种鸟类，其中不少是国家一级保护鸟类，如黑鹳、白鹳和丹顶鹤等，属于国家二类保护鸟类的有鸳鸯、白鹅雁、灰鹤、啸声天鹅、赤腹鹰等26种，意义

生活课

非凡。此外，还有上百种植物，构成湿地生态保护系统，许多珍稀濒临灭绝的鸟类也都在这里繁衍、生活。当地的环保人员为了确保生态环境的平衡性和多样性，人工种植了近千亩的荷花塘，从美洲引进了红、黄、白等色彩各异的王莲，湿地附近搭起了鸟棚，或许喂食、或许保护。人类曾经的任意破坏，到今天却百般呵护。世间真是变化无常，世事难料。

眼望着随风起伏的芦苇荡，眺望着草连天、天连草的湿地，一种幸福的崇敬涌上心头。我是为这些生于斯、长于斯的动植物啊！它们活得轻松、活得自由、活得自然。这里的一切都打上着原始的面孔。来自自然，终结仍归于自然。据说，就是这漫天的芦苇，没有谁来收割，任由自生自灭，这是它们最好的选择，它们活得是生命的一种悠闲的境界。瓜果飘香，菊黄蟹肥，精彩是别人的，自己独守着生命的原始和内心大彻大悟后的豁达。

我完全被洪泽湖辽阔的湿地所震撼了。这是家乡的一大幸事，也是无数动植物们的幸事，这是它们生活的天堂，也是生命的天堂。在这里，它们找到了大自然的生态，感受着来自自然的翱翔和奔跑，感受着生命本来驰骋的时空。人类最为庆幸的是，居然不经意间的遗忘或忽视，竟造化了这样一段风景，给了千千万万只动物们休憩的理想乐园。这生命自由的空间，对都市人来说，该是多么羡慕和渴望啊！都市霓虹灯闪，夜行者昼夜奔波，像一架机器高速运转在时代与生存的链条上，焉能享受着"偷得浮生半日闲"的快乐？生命的触角只能在钢筋水泥的森林里萎缩了、枯萎了、干结了，化作薄薄的一张纸，人情似纸。

从洪泽湖湿地归来之余又涌上怅惘。一条崭新的小路，随着车辆掀起的尘埃，像一把利剑，直刺湿地的心脏，还有那正在修建的曲桥、水上宾馆、餐厅以及几个高远的观鸟台。我不知道，人类对自然的崇拜为什么就是近距离的阅读自然，走进自然且一定要以破坏自然为代价呢？现在的周庄是也，湿地也是，或许再假以时日，随着更多的游人和建设、开发，恐怕到那时湿地就会变成了普通的大草塘了，"众鸟高飞尽，孤云独去闲"。原本充满天然乐趣和野性的湿地就这样渐渐地消失了，再相见的或许只有无数慕名而来的游人了。

去湿地然又忘之，为一只鸟的幽梦或一株小草上的露珠，还有属于生命自由成长的那份无言的壮美与闲逸,因为美的风景藏在路上。

夜 晚 听 蛙

在我生命的词典里,我一直把青蛙与江南联系着,似乎它是江南的音符,带着江南的水汽,湿漉漉的雨林气候,行走在乡村。它那通身的碧绿,有规则的花纹,在一声吆喝中,一个箭步,跃进水中,溅开了一朵晶莹的水花。接着,它准会从水底浮出水面,睁大着挤鼓鼓的眼睛,在不远处窥视着你呢。

欣赏蛙鸣,最好是夏日的夜晚,没有明月的夜晚,天穹上只有三三两两稀疏的星辰,这时,村庄的外围,长势喜人的稻田,恰逢灌浆秀穗的时机,高高的秧苗,已经开始孕育了,将要走进秋天的粮仓。我记得纳凉的晚上,一家人拖着凉席或者凉床,在空旷的乡场上,躺在粮囤的中央,四围是高高的麦垛,以及弥漫着清香的麦秸秆气息。刚入夜时,从葱绿的秧林里传来一声、两声的蛙鸣,叫声清脆、湿漉漉的,接着一小群,不一会儿,整个夏日的秧田,一片蛙鸣,此起彼伏。声音如鼓点,敲打在夜晚的庄稼上,敲打在小村的丰收曲里。

此际,我辗转反侧,而父亲却酣然入睡。父亲说,庄稼人听这声音,心里格外安稳呢,听,那是好收成的预言啊。我不禁想起南宋词人辛弃疾的词句,"稻花香里说丰年,听取蛙声一片"。原来,这阵阵蛙鸣,是来自丰年的议论与抒情,这声音是乡村最优美的音乐,只有庄户人家才能深刻注释它的内涵。

蛙声如鼓。在我看来,它们穿梭在水汪汪的稻田里,张开大嘴,满怀心事,在夜晚的中央,应和着天上的星辰,尽情地歌唱。蛙声不就是一棵棵生动的庄稼?庄稼人有了它的声响,才找到日子的准绳,从它们的鸣叫里,庄稼人体会到秧苗那疯长的劲头,这蛙鸣的声音,就是秧苗在时光的旷野里拔节的音符。这绿意的鸣叫，让我也不知不觉变成了父亲原野上一株别样的庄稼，鼓胀着心事，开始拔节、灌浆、秀穗，赶赴秋天的黄金盛宴。

现在，蛙鸣稀疏，特别是居住在城市的丛林里。在贫穷的日头里，庄稼人也糊涂地捕捉过青蛙，放在城市食客的餐桌上，成为在距离庄稼之外最美味的佳肴。那来自泥土，在泥土中长大的人儿，如何咽下这乡村最忠诚歌手的血肉？而居住城市的我们，又何尝不是一只只流浪的青蛙？远离故乡之外，在陌生的城市稻田里，寻找人生的春天。我们是否如它们一样，在时光的深处，在生命的追逐里，做一名乡村忠实的歌手，演奏民间的悲欢？

走进城市，我们这些乡间的青蛙，便失去了自己的声音，乡土的气息在城市的砥砺里一点点消失，直至冷漠与麻木，游离在季节之外了。而模糊的视线里，逐渐矮下去的是那棋盘状的稻田。

"今夜，我愿做一只流浪的青蛙，回到故乡，加入他们的合唱……"一位江南诗人在夜晚里写道。繁华的都市中，我们都还记得哺育着一群群黑色的小蝌蚪的童年小溪？还记得远方的故土？

今夜，零零落落的蛙鸣里，不知道哪一声是你的，哪一声是我的，朝着故乡鸣叫……

乡村的歌者

蝉在我认知的世界里,似乎就充满着神秘或者某种暗示。我一直以为,它在泥土的黑暗中隐藏着什么哲语,出现在我生命的童年里,以高亢的姿态向天歌唱。读过小说《荆棘鸟》,被那震撼人心的故事所吸引,那份一息尚存就奋斗不止的精神感染多少世人?

偶翻《昆虫记》:蝉从幼虫到成虫,要在黑暗的地穴中韬光养晦4年,从卵到成虫,竟然要辗转17年!黑暗给蝉黑色的躯体,它却用来歌唱光明。

蓦然惊之。在动物的世界里,蝉竟然和那荆棘鸟一样,在各自的旷野里张扬属于自己的生命姿态。

黑暗里,一只童年的蝉,从我乡村的门前走过,走过稻草垛,走过炊烟,走过低矮的屋檐,还有我少年自卑的空地。在它的身后,留在我视野里的是蜿蜒出的遥远的地平线。

童年里,找蝉就是我们夏季里最幸福的主题活动。如果天晴,我们可以选择月光的夜晚,手拿一个照明工具,沿着树林梭行寻找。你会发现,在通向大树的路上,或者抵达高高的枝丫上,为了找寻个安稳的蜕变场所,多少蝉奔赴前进。来不及抖落身上的尘土,就一头潜行在黑色的夜幕里,身旁的每一丝月光,都是胆战心惊的光芒,勇往直前,执着于那飞翔与鸣叫的瞬间。天亮以后,留下的只是空空的躯壳,而灵魂与思想早已栖上了枝头与蓝天,乘坐着歌声飞向了远方。要是天公不作美,那又将是另一番景致。下雨的夜晚,正是蝉钻出泥土的时辰。雨润泥土,松软了僵硬的泥土表皮。在泥土深处的蝉就开始活动了。蝉蛹爬近洞口,它伸出坚硬的挖土工具,一双大钳子,朝着光

生活课

明与理想开凿。一开始,泥土的表面还没有动静,接着不久就会露出一针眼大的小孔,渐渐变大,到最后,一个大拇指大的洞穴完全暴露出来,然后蝉就从洞里面爬了出来。很多蝉爬到树的半腰间,就迫不及待地开始蜕皮。这脱下的壳儿就叫作蝉蜕。

清晨,我们这些爱蝉的小家伙总能从树上收获很多的蝉蜕。

对于蝉,食客者众多,且源远流长,我总无法下咽。《毛诗陆疏广要》云:"盖蜩亦蝉之一种形大而黄,昔人啖之。"北魏的《齐民要术》中对蝉的烹食法就有记载:"蝉脯菹法:捶之,火炙令熟,细擘下酢。"达官贵人吃蝉很讲究方法,先将幼蝉入沸水中,即出阴干,制成蝉脯,以备配菜,可做成各种美味佳肴。而农人则将幼蝉先放进盐水中,一是让蝉吐出泥土气和脏物,二是天热拿到市场卖不至于变质。

席间,我始终张不开嘴巴,钟情于那蝉蜕。蝉蜕很有药用价值,收集多了,卖给药材贩子,可以获得一笔不菲的收入呢。骆宾王在《在狱咏蝉·并序》写道,蝉"有翼自薄,不以俗厚而易其真","故洁其身也,禀君子达人之高行;蜕其皮也,有仙都羽化之灵姿"。蜕皮是一个成年的仪式,这不单单是蝉蛹的羽化,更是与蝉蛹一起被深埋在地下的岁月的羽化,而蝉蜕则是岁月的见证。

蝉诗云:"居高声自远,非是借秋风。"的确,蝉歌声幽远,不是凭借高树与秋风的。"垂緌饮清露,流响出疏桐。"蝉居高处,非小人得志,占据高位,而是为了饮那晶莹剔透的露珠(也有人认为蝉吸食树汁液)!食之甘露,身体是洁净的,灵魂是清白的,那撼人心魄的歌声也是纯洁的,宛如天籁。微小的身体蕴藏着巨大的能量,整个村庄听见它的歌声,整个大地听见它的歌声,甚至这个喧嚣浮躁的世界听见它的歌声。

歌声走多远,灵魂就走多远。"垂緌饮清露",似乎蝉本身就是一滴露珠?一滴会唱歌的露珠,响彻岁月的深处。

蝉,乡村的歌者,大地的歌者,短暂的生命光阴里,为我们留下的是永远的歌声。不管我们有没有听懂。蝉为我鸣,什么时候我们也能为它歌唱?大江东去或者小桥流水,委婉连绵、热情豪放或浅吟低唱,毕竟我们吼上几声了。

人生岂能无声无息!

第二辑 / **菜根之香**

生活课

 故乡的香椿树

　　我素来对乡土树有着一种特殊的情结，它那背后，是乡村农人生命的气息和岁月的期盼，是乡土经年深厚的文化底蕴和沧桑的家园。漂泊城市，我对曾经父亲守望的那棵香椿树越发深刻起来，一棵长于我心灵里的大树，在我生命的家园中葱茏着、葳蕤着、勃发着，时刻要胀破我的躯体……

　　打记事起，我就清晰地记得家前屋后都种上了几棵香椿树，后来老屋翻盖时，屋后的香椿树为屋捐躯了，成了咱家瓦房的座上宾。唯一遗留下来的是门前的那棵香椿树。一棵挺拔俊秀的、笔直威武的大树，在我幼年的天空里，这样一个庞然大物，我真的怀疑这世间造物主的存在了。我问父亲，这香椿都这么高大了，为啥还让它长？父亲叹了口气，又意味深长地告诉我，这棵树是我爷爷种下的，就让它和你一起成长吧……我惘然地听着，丝毫无法理解父亲的深意。我打量着父亲一身黝黑的皮肤，历经磨难的脸庞，无语。父亲17岁时开始担起家的责任，上河堤抢险，下大河捕鱼，挑货物走异乡，幸得上天垂青父亲的勤劳和坚韧，组成了一个幸福的家庭。父亲对我的精心，与对香椿的精心是同等的。父亲经常给这棵别样的香椿树浇水、施肥、松土，让它长得蓬蓬勃勃的。父亲不识字，却教我9岁就开始写对联。过年时分，父亲忙前忙后，为刚上二年级的我压红纸、磨墨，那专注、那庄重、那深邃，常常击倒顽皮的我，我不得不用笨拙的字开始涂抹陌生的对联。尽管字歪歪扭扭，父亲竟一脸的微笑，还不停地喃喃道，应该到了撑起门楣的时候了。

　　门前的香椿树，在乡村的饭桌上是一道美味的佳肴了。每到春天，那棕色

的香椿头,嫩嫩的,从枝头上掐下来,再打上几个草鸡蛋,真是令人垂涎三尺啊。一般乡村人家来了贵客才会有这样规格的招待;要不就是把它摘下来,撒上盐,腌制起来。这样的活计在春天是村里乐此不疲的事情。然而,在我家,只能眼看着那美味从焦灼的守望和父亲的严厉中老去,变成了碧绿的叶子。任凭母亲的规劝,父亲就执意不肯。别的树可以,唯独这棵香椿树不行,就让它茁壮长吧,我们不能让它受到一点伤害。

我和母亲都不理解,为此,我的屁股上还曾留下了父亲的五指山。

一棵枝繁叶茂的香椿树啊,耸立在门前的空地上,为我们夏天的晚上挽住多少故事?月朗星稀的夜晚,奶奶坐在凉席上,在香椿树下,教我学古诗,唱歌谣,还给我们讲了许多神奇的民间故事传说。清辉的月光从枝头肥厚的叶子间洒落下来,为安逸祥和的夜晚增添几许浪漫和诗意。一旁还有母亲在为我不停摇起的芭蕉扇,父亲喷香的酣睡声。香椿树,成了我们家纳凉的最好去处了。有时,正在奶奶讲得起劲的时候,不知从何方落下一只小喜鹊,我们再探头寻找时,才发现,不知何时这棵高大的香椿树上已经垒上一个偌大的喜鹊窝了。几声脆生生的鸟叫,给我们又增添一些无穷的乐趣。

在父亲的期望里,在香椿树的庇护下,我也和这高大的香椿树一样,越长越高,似乎是沾了香椿树的灵气了,成绩出奇地好。村里的人都很惊奇,上辈人大字不识,儿子却倒很出息啊!父亲很是开心。最令父亲陶醉的是,我是村里第一个考上师范的,第一个从贫穷人家走出去的娃子,一块飞翔的泥巴。临上师范的那段日子里,父亲一连喝了好几次醉酒,醉梦中,父亲苍老的脸庞上依旧洋溢着兴奋的微笑。

随我远行的,还有我的高大的香椿树。为了学费,父亲卖掉了心爱的香椿树。父亲当时的态度竟是那般的从容和平静。我以为父亲要伤感一阵子,要失魂落魄一阵子,陪伴了他五十多年的香椿树说走就走了。没想到悲伤和流泪的竟是我自己。

火车快要开了。父亲又一次地揩干我的泪水,深情地对我说,儿子,香椿树去它该去的地方了,而你,却是我心中永远的香椿树啊……

生活课

油 菜 花 开

　　远离故乡，隔着城市的灯火，眺望着似乎已经模糊的故乡面庞，故乡那疯狂金黄的油菜花开的模样，密密匝匝的，团团簇簇的，且大胆地、泼辣地带着野性地绽开生命的状态，那亲密、那团结，似亲姐妹兄弟般，守护着田野，把丰收布满农人的天空，又宛如一幅清新隽永、撼人心魂的油画，带着大地的芳香，常常从我心灵莫名的角落里冒出来，浓墨重彩，涂抹着我的世界。我处于失神和恍惚之中，冥冥之中，难道乡村的油菜花在隐语着我什么？瞬间里，用纸鸟堕落的抛物线，把我从不胜寒的高楼跌至久违的阡陌、乡村，还有沧桑的双亲面前。

　　人到深秋，萧瑟里我更加想念起春天的油菜花来。

　　记忆中的旷野到处是金色的泛滥，热烈而又奔放。那时我正值年少，父亲和乡亲们总喜欢把稻田或河岸边的荒地种上油菜，大片大片的。冬天还没有什么奇迹的发生，仅仅与白雪在深处昂扬着生命的力量，一种温暖的力量。一旦到了三月，在春风的抚动下，一棵棵挺直身子，把自己打扮得青枝绿叶、肥头大耳的，把花苞鼓得饱饱的，等待阳光的一照，就看着那花蕾一个一个吐着春天的烟圈，啪地爆开了，金色一朵，金黄一野。把你开得一愣一愣的，没想到贫瘠的土壤里却蕴藏着硕大的花瓣，饱蘸着阳光的墨汁。我一直在思索，是否田野里的油菜花，是阳光的化身？看着父亲脸上的喜悦，我似乎读懂点什么。我们穿梭在油菜花丛中，父亲亲切地对我说，地劲怎怎大呢，你看，今年咱家可有香油吃啦！说完笑呵呵的，孩子气十足。最惊异的是村庄旁的油菜田，像是金色的波涛，从遥远的天边涌来，带着时间里的"金子"，一层一层迎面扑来，把中国水墨画的乡村镀上一道金边,而暖人的思绪霎时从小村弥漫开来了。这时,村庄是金色海洋里的帆船,村庄的每一位农人,都是勇敢的水手。当阳光隔着水面照过来,村庄、母亲的皱纹、草垛上的公鸡,还有晚霞中的蜻蜓,似乎都走进了童话世界里,金黄金黄的,发出灿烂的光芒啊!恍惚中,我们掉进了唐诗"飞入花丛无处寻"的境界中了,再看看菜地里的我,父亲又呵呵地笑了,原来我身上沾满了三月的"阳光"啊。

我对油菜花怀有一种很深的情愫,特别是告别了泥土的怀抱。曾经大片大片的田野消失了,打猪草的伙伴也音讯全无了,还有在油菜地里玩过家家游戏的姐妹们。当年的我们也一起走进了城市,开始自己的人生轨迹和告别的油菜花。我至今还记得每年这个季节,母亲总会叫上照相的人来村里,给我和我们一家人照个照片,不为别,母亲说,这油菜花啊,是我们乡村中最美的景致了。那时我们站在花丛中,对着镜头,母亲嘱咐我们,要笑点,再笑点,紧张中母亲说成了再开点,再开点……母亲把我当成了一朵散发着芳香的油菜花了!

行走于都市,我失去了油菜花的田野,失去了故乡泥土的根系。在经过都市的磨砺与摔打之后,再看到油菜花,我仿佛找到了生命的根系和方向,找到了心灵落脚的地方。一切的纸醉金迷、红尘酒绿,还有纷繁复杂的名利争夺,都在时间的深度里失去了光泽,失去了花开的光阴。生命的油菜花一瓣一瓣凋零了。在另一层意义上,我看到了一簇又一簇另一季节之上的油菜花开。曾经的乡村姐妹们,在忍受不了故乡的清贫与静寂,独自流浪于都市的街头,兑换着属于阳光的分量。她们和故乡的油菜花一样,在疯狂热烈地绽放着,为陌生的每一个人绽放,绽放的绚烂和冷艳,就像那油菜花,开得轰轰烈烈,开得生生死死,开得泪珠纷飞。油菜为了村庄和旷野,还有头顶的一方蓝天;她们呢,是否为了家园和生存,为了心中难以磨灭的创伤,在夜晚的田野里,以同样的方式,把爱开到极致,开到立刻凋谢的尽头……

乡村的油菜花,我童年中朴素的伙伴,你那疯狂的长势,铺天盖地的金黄,硕大无朋的花朵,在朝着故乡和阳光的方向,永远保持着花开的英姿。尽管冷艳,但依旧温暖地绽放在我内心的荒原。

生活课

又见桑树

　　徜徉小城,不觉令人耳目一新。不知何时,曾经老家的乡土树种已悄悄地走进了城市的生活里了。亮亮地,晃动着我们的眼,煞是鲜嫩、亲近。隔着这些朴素的树木,我感到了一种久违的乡村气息。从乡间走来的人,骨子里融入的总是故乡的桑树、槐树、榆树之类的树种,这些泼皮的树啊,在城市之外,与我的生活千丝万缕着,亲切着我,营养着我。

　　老家的房前屋后栽种着不少乡土树,其中就有桑树。也不知道父亲从哪里弄来的桑树种。从一棵棵幼苗培植成了参天葳蕤的大树,枝枝丫丫不计其数。如果从木匠的眼光看,实在没有什么多大的用途,或许打上一些零星的小家具,还是凑合的,而此树干却生之弯曲;否则就是烧锅做饭最好的柴火了。幼时我常纳闷,问父亲栽这么多桑树干什么,又不能成多大的材。父亲总是笑呵呵地说,留着吃啊!树怎么能吃呢?父亲的话让我疑惑不解。父亲不再说话,看着青枝绿叶的桑树,一脸的憧憬。

　　其时,我正值上小学。每天从家里背着母亲碎布搭凑的、花花绿绿的书包,径直跑上学。经过的路上,我也常看到附近的人家或田埂上,也零星地长着几棵桑树。在我们农村的环境里,这些乡土树真是比比皆是。我不知道为什么这些朴素的树种会生长在这穷乡僻壤的地方,而且日后还成了城市里寻觅的树种,是乡土的树好养,还是对故土的怀念?只有那清清爽爽的阳光穿过岁月的缝隙,落在桑叶上,一团生命的绿,就是一叶执着的梦想盘桓于之。

　　追忆往昔,总是让人充满对桑树难以名状的情怀。在青黄不接的岁月里,桑树为我们的生命提供了一段生机勃勃的人生。20世纪七八十年代，农村还在饥饿的生命线上挣扎。父亲在生产队里拼命地挣工分，晚上再去湖里拣白天队里遗失的山芋、黄豆粒之类的，一个晚上能拣上个半碗，有时候连一粒也拣不到，全都落生进泥土里，再也找不到了。父亲就是这样含辛茹苦地劳碌，日子依旧枯瘦，我们依旧面黄肌瘦，烙印着时代的印痕。

  种植桑树，在粮食匮乏的年代里，我怀疑是父亲一场密谋的革命。老家那时并不是养蚕的故乡，几乎也没有养蚕的人家，看不到采桑喂蚕的身影。放学回到家，我们总是饿着肚子趴在板凳上写字。现在看来，吃零食是多么奢侈和不可思议的事情啊。曾经能填饱肚子已经是最大的梦想了。父亲从外面回来，搽着身上烈日晒出的汗水。透过毛巾，父亲对我说，去桑树上看看果子好了没有？去吃点吧。桑果子？我转身出去，看桑树上早已结满了红红的果子，有的已经成熟变紫了。我鞋子一脱，噌噌上了树，大把大把地把桑果子往嘴里塞，也不管熟了没有，一阵狼吞虎咽，抑或风卷残云般；感觉嘴里一股甜丝丝的汁液流进心田，滋润着饥饿的胃。这时，我才明白父亲的深意。

  这何尝不是另一种季节上的庄稼啊！有了这极好的"粮食"，课堂上我们的学习劲头更足了，就像夏季的蚕样，饱鼓鼓地、肥胖胖地端坐在教室里。其实教室也不是什么教室，只不过是三间牛屋改做的，一块用破铁充当的铃，还有一面黑色的墙，加上几块生石灰做成的粉笔。现在想来，依旧历历在目，感觉这是我一生中最好的学堂。在朴实、祥和和宁静的乡村里，大人们在日头下锄禾种田，硕大的汗珠浇灌着贫瘠的土地。而浓荫遮蔽的牛屋里，在蝉声之外，一位表情严肃、着装讲究的师者在台上激昂文字，滔滔不绝，就像门前的桑树，一嘟噜一嘟噜地垂挂在我们的面前，带着甜蜜的滋味和整个夏季的向往。讲台上老师入神地讲解着，"……遍身绮罗者，不是养蚕人"……我们如饥似渴地聆听着，仿佛要把老师这棵别样的桑树上红红的桑果子一吃干净，营养着我们人生的秋天。

  我至今还记着童年时的老师，虽然不知道她叫什么名字，只知道她是省城一位下放的知青，只教我们几个月就回城了。但却让我们懂得许多春蚕到死丝方尽……桑之沃落……丝绸之路……她那精彩的语言在我们的面前编织了一片

生活课

五彩斑斓的天空，引领我们去追逐。老师也是爱桑葚的人。每到课间休息，老师那白皙的手充满疼爱地一挥，去够桑葚吃啊！一时间，树上缀满了顽皮的我们，手摘着桑葚，吃得津津有味。有的同学吃桑葚，把树枝都拽了下来。老师知道了就说，别吃了老头不要儿子啊！（苏北土话，意思是要我们爱惜桑树）否则来年吃什么呢？上课铃再响时，我们又饱鼓鼓地坐在位子上，认真倾听老师的讲课。只见教室里竟是清一色的紫色的唇，仿佛春天的一瓣瓣芽儿。

听同学说，离学堂不远的淮河岭不仅有紫色的桑葚，还有米黄色的桑葚，而且甜得不得了。这更加激起了我们的兴致。假日，我们几个小伙伴抽空去光顾了一次，果然不同凡响，充满肉感和丰富的汁液，一吃就忘不了，让难得吃上猪肉之类的我们打了一次较好的牙祭啊。

瓜果半年粮。这普通的桑葚，在苍白的日子中，成了我们不可缺少的"粮食"，度过了一段艰难的岁月，也营养着我们的胃部和心灵，让我们一生也消化不了。

前日去市场买菜，在菜场的一角，竟意外地发现一老农摆着一摊紫色的桑葚叫卖着。瞬间，一股故乡泥土的清香和朴素的情怀涌入我的胸怀，让我情不自禁，曾经喂养我的桑葚又辗转着来到城市，又营养着谁呢？再联想时下的乡土树进城来，是不是对乡间日子的怀念和填充？在纸醉金迷的日子里，让我们保持清心寡欲的灵魂，保持我们泥土的本色，让我们离乡村近一些，离根近一些。

问　　荆

这是个奇异的名字：问荆。一旦你走进了它，你就会明白伤筋断骨的愈合的痛。

问荆问荆，问什么呢？拷问的问，荆棘的荆，拷问的是人生路上的荆棘？那些充满着坚硬与刺的障碍物，密扎扎的，长在你必经的路上。也许问荆里，荆是泛化的，世间有多少事与物都可以成为荆棘？或许荆是有形与无形的化身。

问荆，乡间里常见的一种杂草，一种没有种子的杂草，而且泼皮生长。山间、沟渠还是草甸，都有它的足迹。庄稼是不喜欢这种草的，它的存在，麦子、大豆、谷子等总会受到不同程度的伤害。在农人看来，一切伤害庄稼的草，都是草，都是火与灰烬，最后的结局是肥料，庄稼生长的催化剂。他们的眼中，庄稼高于一切，生存高于一切。

我只能惋惜问荆生错了地方。存在都是合理的。我一直视萨特的话为经典。走近问荆，你将会惊诧。问荆的英文是马和鬃毛的单词缩写。问荆恰似马的鬃毛。你看它遍布山野，似乎是它达达的马蹄，长而高的身影，纤长的枝叶，就是一簇鬃毛，在风中吹拂。马的形、马的性格似乎都具备了。

再走近点，我们还会发现这个问荆还有许多通俗的名字：接续草、公母草、搂接草、空心草、马蜂草、猪鬃草、黄蚂草、接骨草……这是一串很有学识的名字，高到骨血，低到猪的胃。它居然与骨、血有关。原以为一节节，是虚有的外表，没想到碧绿的汁液里隐藏着一种深邃的元素，抵达骨头的硬度。它没有精致的培育，也没有豪华的环境，潮湿的草地，或无人问津的山坡，都是它们的家园。据《本草纲目》云，这种草提取汁液可以止血，营养骨骼，还可以明目。

人类真是奇怪，问荆居然有个这样充满个性的名字，恰如其分的名字，一下点破它的谦卑与出类拔萃，把草的高度抬升到生命的血与骨的高度。要是没有这样的名字，或许草木一秋，终究是化作炊烟一缕，随青烟袅袅消失。由此看来，世间，没有哪一种事物如草般，低到低处，低到泥土的低处，低到生命的低处。问荆，纵然接好你的骨头，止住你喷涌的鲜血，支撑着你世上的行走，是功臣？是英雄？其不过依旧是草，一株山坳里自生自灭的植物。

大地的辽阔，这辽阔也是属于草的，只要有泥土和合适的环境，它们就偷偷地从大地的深处钻出来，把自己呈现给世间，相遇或错失，生到死，旺盛或者枯萎，都随风消失。来年，依旧是青色一片。

这问荆似乎还有佛意？生生死死，明明灭灭，闪亮的一刹那，则是在等到受伤的骨，流逝的血？用自己的躯体延续人类生命的延续？

人活一世，草木一秋。站在大地上，草与人，都是大地的苍生。草与人，有何区别？一样的泥土，一样的高度！

青 苔 情

枯坐的光阴里，眼前总是浮现少年时在老家屋檐下审视青苔的景致。

往昔不起眼的植物，从乡间茅草苫的房屋上，沿着陈旧枯寂的麦草，在淅沥的暮雨里滴落下来，不久，你就会发现一行行绿色的植物沿着天雨的脚步快步赶上去，把乡村夜雨的黑深邃了几寸。

羸弱的少年时光里，我乍见青苔，一眼真是千年，破碎、幽邃的悲凉还有灰色的人生瞬间席卷过来。按道理那时我才十五六岁，不识愁滋味的时光，却在乡间低矮的屋檐下，泥泞的阡陌上和父辈弯下去的脊背上，我看到了青苔的呼喊。无声的呼喊，一声声，喊破了我少年的行囊。

我和青苔不同，无法与它媲美。在它的空间里，潮湿的空气、湿润的泥土，黑的树干和静寂的角落，这是一方独特幽深的境地了。无人打扰，无人喧哗，更无浮躁的声响。似乎与阡陌间的农人相似，暗藏一坚韧的心思，在田畴上蜿蜒世代的生命，或枯萎或碧绿，都在这静寂的天地间了。在青苔面前，在屋檐下，我没有勇气面对阳光灿烂的时刻。我喜欢在昏黑的屋内看着灶间上的灶王爷，猜测神性的咒语与隐言，看着那张牙舞爪、凶神恶煞般的模样，加深了灶下柴火的沉重与光亮。我情愿把目光投向泥土的墙壁、喑哑的农具甚至横梁上残缺不堪的大字：福禄寿喜财。这是属于民间的密语，来自过时秀才的手笔。古铜色的木棒映衬着猩红的字样，那个摸着山羊胡的秀才又似乎从时光的阴影里走来。

唯一相同的是，我们都陷在时间的深处里，只不过一个是绿，一个是灰。

《苔赋》云："背阳就阴，违喧处静。不根不叶，无迹无影。"这是沉静下来的文字，是读懂青苔的字脚。青苔，一粒粒一枚枚，密密麻麻，铺就时间的足迹。当我们在屋檐下、芭蕉树旁抑或指头上数着日子时，青苔就会从无影深处弥漫过来。难道是数落雨滴的再生？还是时间有形的演绎？吸取着时间的元素、营养还有重量，对阴影里的人儿昭示着，警示着和彰显着。

我庆幸与青苔的相遇，百回千转之后，才深深惊诧与青苔的隐语。只轻轻一瞥，那深入心扉的凉意立刻在古老与幽深里荡开涟漪，卷起的皱纹化作深深浅浅的青苔一路逶迤着。我总是感觉青苔与我是相通的，哪怕浅浅地呼喊一声她的名字，我就满身的碧绿满身的苍老。但我无法拥有她的淡定。她的怀抱里，深裹着岁月的风声枝丫间的鸟声还有日子的故事。纵然我披一身绿意，又怎得深藏住千年万载的岁月呢！谁能从沉重的时间里返青？谁能从干枯的日子里保持鲜嫩？

翠绿的青苔，负重的青苔，主宰着脚下的一方水土，在恪守着最后的水分与孕育，守卫最后的那一抹绿。我无法解读出青苔，在阴雨霏霏的日子，就像远行的青草更行更远还生。时而在树丫间，时而在山路上，时而在花径上，甚至我的祖父或者祖母的双眸里……

我在城市的一隅里再次见到青苔，在微小的盆景里，青苔匍匐在可怜的花土上，成为点缀的风景。身旁，是车水马龙，是人海茫茫，是水泥森林，是尾气噪声，是越来越冷漠荒凉的现代化。回忆曾经铺就青苔的乡路，沿着青苔远行的，终会有一天还会回到青苔身旁，回来老家的屋檐下，回到碧绿的本身。而一旦我们丢失了青苔，顺着水泥、钢铁的路面，我们还会找到归来的路吗？我们是否还会保持着最初的水分？保持着青枝绿叶的模样？保持着最初的纯真与善良？

也许，青苔的消失，失去的不只是青苔，失去的或许是这个世界上最质朴与深邃的烙印。给你一块潮湿的泥土，守住血液，你能把碧绿、粉红或者金黄找回。谦卑的青苔,谛听大地深处心事的耳朵,岁月深处不动声色的心跳,守着古老与幽深、护着宁静与致远。

大湖苇韵

一

"敕勒川,阴山下,天似穹庐,笼盖四野。天苍苍,野茫茫……"这诗句应该是我试图对洪泽湖湿地上万亩芦苇解读的序幕。苍苍、汤汤,漫天卷地,齐刷刷地弥漫上来,此时的我,压迫成了一条游鱼,迷失于鸟鸣啾啾的芦苇荡。

湿地,万亩芦苇,是洪泽湖碧水卷起的诗句,是伫立的帆樯,是大湖母亲孕育的杰作。从江苏省泗洪县城往南出发,车行不足半小时,便抵达洪泽湖湿地,抵达气势恢宏的芦苇荡,风中的芦苇,漫天卷地,此起彼伏,涌起惊天波涛,有着宽广的胸怀。"海纳百川,有容乃大。"大运河缠绕、洪泽湖孕育的苏北,习惯处处弥漫着酒乡豪放的大地,居然深藏着一个待字闺中的妙女,犹抱琵琶半遮面,掀起风尘里一阵阵人喧马嘶的旋涡。是的,的确令人诧异,在无数暗夜里沉默不语的女子,充满着神秘,充满着野性。对于久居城市的人来说,声色犬马、觥筹交错和歌舞升平已厌倦,落满灰尘的心灵,渴望原生态的洗涤,无需酒肉,更不需美色,就一口新鲜的氧气,窥一眼自然的原始面容,瞬间就会有顿悟之感。这时,或许你会迷惑,在空旷里,苍苍的芦苇,清凌凌的湖水,还有水中的游鱼、空中的白鹭以及万亩的散发清香的接天莲叶。这时,你会涌起一种羡慕的情愫,人要是如这芦苇、莲叶或者那鸟、那鱼多好啊,少了一份俗世的纷扰和虚伪,多了一份生命的本真与自由。

　　家乡洪泽湖身边的芦苇，以泼皮的个性，在荒芜的滩涂上，涂抹出一幅惊世骇俗的景观。在饱受水深火热的地方，它以辽阔的方式填补人们喧闹心灵的空白，释放生命的隐语，衍生绿色和希望。枝头的鸟鸣，是灵动的词语，是母亲湖的眸子，是翻动日子的动词。芦苇荡是粮仓，是渔湾，是无数炊烟汇聚的广场。只等待秋天一声令下，村庄就燃起一种叫黄金的火焰，凝聚一个冰封季节的暖温。

二

　　我对家乡洪泽湖湿地一直怀有深深的敬意。黄河夺淮，造成了洪水的泛滥成灾，大地在苏北的中部，变呈出饱满丰盈的泥土，一把揽过水的温柔。洪水走过的地方，是荒凉。而芦苇，就是从荒凉里站起来的生命，繁衍着博大与浩渺。我至今不知道湿地的第一株芦苇从何处来，是一株、两株还是无数株；也不知道是空中鸟儿嘴里的遗失，还是从千里迢迢的水路漂泊至此，芦苇以史诗般的壮观呈现在世人的面前。生命的旺盛，就是这样被证明的。

　　揭开它的面纱也只是近几年的事情了。可以设想一下，也许芦苇它早就存在了很多年，那些寂寞的日子里，它们没有张扬，没有颓废，没有自暴自弃，在浅水里，蜿蜒着生命的痕迹。其实，它们有的是伴侣与伙伴，风儿是千里而来的朋友，鸟儿是苍穹里的来客，而鱼儿呢，则是甜蜜私语的情人。

　　我去过湿地两次，因我一直想谛听大湖深处的风景。一次深秋，万木萧瑟，芦苇飘逸着无言的思想，挺立在水中，那么团结，那么相互扶持。让我读到了久违的温情。我似乎看到一种火的物质马上升起，直到一种生命的温度自身体上升；还有一次是夏季，我选择了它最旺盛的时候，当我站在它面前的时候，我以为脆弱是它的本质，没有想到，原来，脆弱是属于人类的词语。它的无边，它的浩瀚，它的汹涌涛声，"惊涛拍岸，卷起千堆雪"，而芦苇卷起的不是雪，是生命的翡翠。

　　那时，我在芦苇的身边逗留了一会儿，耳边只听到极其寂静的鸟鸣。而深处若隐若现的涛声,则怒吼在芦苇隐秘的内心里。

　　我无法用笔墨描绘出铺天盖地的芦苇浩浩荡荡的壮观场面,更无法想象大水中芦苇生存的姿势。作为湿地芦苇,与水结缘,但又怎抵挡灭顶之灾? 每当洪水来临时,芦苇一头扎进水中,在水的深处煎熬、忍耐,经过漫长的时间,水退之后,只有荒芜的沙滩。而我们的芦苇,又从泥土的深处冒出来,以迅雷不及掩耳之势席卷滩涂,转眼又是一片辽阔的风景。

　　"咬定青山不放松,立根原在破岩中。千磨万击还坚劲,任尔东西南北风。"自古以来,很少有赞美芦苇的诗句,但当你我面对湿地芦苇时,此时你不觉得这首赞美山竹的诗句,不也写出了芦苇的风骨吗?

　　芦苇,一种再平凡不过的植物,依水而生,沐光而长。它有着柔软而坚韧的躯体,而隐藏在这种柔弱之下,却是坚忍不拔和刚强的品格。它是刚与柔最完美的结合。

　　为什么它能够在这洪水中蓬勃生长? 细细地观察这芦苇,你可以发现,这些芦苇之所以茎秆都特别粗壮,枝叶都特别茂盛,关键在于它的根系特别发达。正是因为它们的根深深地扎入泥土,扎入泥土的深处。一旦把自己与大地紧紧地连在一起,就有了生命的葳蕤与壮美。芦苇如此,人何尝又不是呢?

　　原来,芦苇源自大地的孕育,坚韧、挺拔、蓬勃。

三

　　走近湿地,如果你带着对大自然深深的眷念,你会发现高挑的芦苇,是我们梦中的家园、生活的知己。它有着男人的伟岸,粗壮而高大的芦秆把结实饱满的穗举向蓝天,像是一支支巨大的笔,注定要写出豪情篇章。笔锋挥洒,饱蘸阳光,涂抹云天。远远望去,气势非凡。如果大风出来,挺直的芦枝上连着淡褐色的穗,正如一面旗,迎风猎猎,尽情飘扬! 它也有着女人的温情。那是一些已经开花的浅灰色芦花。朵朵柔绒浮在茂密的芦苇丛中,像是雾里一片透明的云,又像雨中一团迷蒙的雾。几分朦胧,几分娇媚,似乎太阳下吹一口气就会化为无影，令你的心绵软不已。更多的时候，我们会看到，一大片低矮芦苇布满星星点点的小花穗。穗子不安分，永远在跳动。和着秋风的节拍跳着劲舞。你跳你的，我跳我的，它们的舞步虽然零散，却动感极强，充满激烈的生命节拍，让你领略到自然界"大音无声"的震耳欲聋！莽莽苍苍的苇田之上，连绵不断的白色芦花恣意怒放，穗花丰满，绒絮成团，白得晶莹，白得柔美……

秋天，是湿地芦苇四季中最得意的杰作，它们在长空雁叫的西风里，以最庄严宏大的场面给我们来一场作别的盛典，黄金的盛典。它让我们看到，这些曾经"羽扇纶巾，雄姿英发"的绿色生命，如何在大自然的舞台上向秋天谢幕，没有落幕的一丝苍凉。原来，告别同样可以充满欢乐、飘逸、奔放……生命的消失不是躯体，而是没有精神与灵魂的空虚。芦苇短暂作离别的空隙，总会有纷飞的芦花一直飘荡在你我的眼前。

洁净无瑕的雪白芦花，在秋的舞台上肆意张扬，纵情翻飞，无所约束，皆为秋狂！面对就要到来的萧瑟冬季，即便是战旗破碎，她们脚下的鼓点仍然昂扬，站立的姿势仍然挺直！我很喜欢芦苇，因为芦苇成熟后便会开出雪白的花，风吹过时，芦苇很缓慢地摇着，伤感而美丽。每一支芦苇都是温柔的，消瘦的温柔，很苍凉。而大片的芦苇在一起，就以它的规模表现出了壮美的气势，便也具备了一种千军万马般的阔大的悲壮。"风萧萧兮易水寒"，想必那易水岸边一定也长满了蓬蓬勃勃的、开着白花的芦苇了。

四

芦苇，也叫蒹葭，早见《诗经》，在两千五百年前就从"蒹葭苍苍，白露为霜。所谓伊人，在水一方"的诗行里走来，带着爱情的原始，铺设着感情的草甸，那弄篙荡舟的少年，在洄流中，追寻在水一方的窈窕淑女。而两岸芦苇茂盛，就像那古典含蓄的植物，在望穿秋水的守望和追逐中，织就了五千多年最优美的爱情。爱情的天空，是那一望无垠的芦苇，道破了秋天的密藏。白絮飘飞的芦苇，是樵子柴担上悠然飘起的一缕秋光，是村姑眉宇间挥之不去的一抹苍凉的妩媚。多少年来，引得衣香鬓影的女子情牵梦绕，千古绝唱。

家乡湿地的芦苇荡，依旧是爱情滋生的天堂，是当初《诗经》里"关关雎鸠，在河之洲"的地方。

天气响晴或者淫雨霏霏的日子里，幸福的恋人们，在这片原始的翠绿中撑一把古典的伞，荡舟在芦苇深处谈情说爱，恰似女词人李清照少女的时光："常记溪亭日暮，沉醉不知归路。兴尽晚回舟，误入藕花深处。争渡，争渡，惊起一滩鸥鹭。"那是怎样的一幅画面啊！爱情在流水的两岸生长，正如芦苇越长越高，爱情还要用芦苇中的鸟儿来点缀，那是多么回味悠长的爱情啊！在这样的爱情里，即便是分离也是美的。因为有这么多无涯的芦苇会轻抚那些忧伤的心。风是流动的，心情也是变化的，忧伤会随着河流流向远方，芦苇丛中鸟儿的轻声鸣叫也会让人忘记伤感。眼前浮现熟悉的《蒹葭》：

蒹葭苍苍

白露为霜

所谓伊人

在水一方

溯洄从之

道阻且长

溯游从之

宛在水中央……

眼前升起一幅清淡诗意的画面：白雾升起的清晨，郁郁蒹葭的岸边，一位男子在翘首以待。

其实，这首经典的爱情诗，极富内涵的诗词不只囿于一个"男女之情"的狭小空间，而我更愿意将这种追寻和守候解读成一种对生命的不可捉摸与缺憾美。

眼前迷茫的白雾，可望而不可达的女子则在水中央，你"逆洄从之"还是"溯游从之"，这位心仪的女子总是游离于你掌握之外，因为"她"本身就是不存在的，正因为如此，所以"她"又是无处不在的，但是你却永远无法企及，只能是隔着青纱迷雾看到她"在水中央"而已。也许，这是诗人对生命、对理想的不可知不可求的悲音与劫数，或佛家所谓的"缘分"。

五

蓬蓬勃勃的芦苇荡，绿色的宝藏，牵系着生命里丝丝缕缕的缠绕。

艾青曾说，当年我一支芦笛，拿法国大元帅的节杖我也不换。浓缩着生命所有枝节的芦苇，在贫穷的风声里发出一声或两声歌唱，也许，这是生命的最好底色。

5岁的我对家乡这片原始的芦苇荡保存的是童年的趣事，还有日子的沉重。那时我常跟同伴们去芦苇丛中里寻找野鸭蛋、鸟蛋和捉野鸡。清清的湖水荡涤着5月碧绿的芦苇，湖水暖暖的，清澈见底。沿着青草铺设的小阡陌，一路深入，两边的芦苇不断地向我挤压过来，宛如绿色的帏帐，躺在苇叶上，定然是一次大自然绝顶的按摩与保健，舒服极了。微风吹过，万亩芦苇，波涛层层叠叠，像大自然这位书画家在旷野里吐沫立体的书法，在阳光的折射下露出恢宏的容颜，四围的湖水一闪一闪，此起彼伏，给这幅书画作品镶上绝好的边框，把大自然的美表现得淋漓尽致。有时逢到软草地带，我们还可以赤脚，让小脚亲吻着青草与泥土，水泽漫过，清爽爽的，如果此际稍作停留，还会有鱼儿来惠顾呢，让你白皙的脚掌痒酥酥的，让你惊奇不已。芦苇丛中，生长着许多无名的水草，盛开着各种各样的野花，给整个绿海锈上星星点点的白帆或插上彩旗。

让我们倍感欣喜的是，芦苇荡里，只要用心寻找，总会逮到鱼。很多鱼会沿着水路一路顶风作浪，赶到浅滩上来。我们只要在清晨的时候，手拿着鱼兜，一顿鲜汤是跑不掉的。每逢端午节前夕，家乡的人总爱驱车来到这里，打上几折天然的芦叶，包上几个粽子，芦叶包出的粽子，除了米香，还有一种薄荷的清香随着粽子飘散开来，让人垂涎三尺。

正是因为荒芜，造就了一片芦苇荡，也给家乡的人们一席生存的空间。秋末初冬，长辈们就开始收割芦苇，万亩芦苇，附近的人们时常割一个冬季也没有

割完,更多的光阴里,任其自生自灭。沿湖的人家几乎对芦苇都情有独钟,一株芦苇在手,他们可以玩出很多花样来,它们可以用来盖房子,打折子,编织逮鱼的虾笼或者睡觉的粗席。湿地不荒,却用不太丰满的胸脯营养湖滩上的人家。当来年"竹外桃花三两枝"时,无数芦芽又会破土而出,露出尖尖的芽,淡淡的黄,嫩嫩的绿,像刚出土的竹笋,煞是迷人。

生命又将翻开湿地新的华章。

六

唐诗浩瀚,写芦苇之诗也林立,但我比较偏爱诗人刘禹锡写的《晚泊牛渚》:

芦苇晚风起,秋江鳞甲生。

残霞忽变色,游雁有余声。

戍鼓音响绝,渔家灯火明。

无人能咏史,独自月中行。

在长大后背井离乡的日子里,湿地那些高大漫天的芦苇,那些清秀的白穗苇,在孤寂的日子里,它们给我带来快乐和安慰,引起我美妙的遐想。秋风中,无数盛开的芦花在晚霞里无言地此起彼伏,仿佛万千愁绪在苍茫的天边都化作虚无。而在月光下涌动的,红如血,白如霜,冷艳与苍凉,是生命的飘逸。而刘禹锡的另一首题为《西塞山怀古》中,又一次写到芦苇:"今逢四海为家日,故垒萧萧芦荻秋。"芦苇在这首诗中,也是凄楚萧瑟的形象,让人联想起人生的反复无常,岁月的无奈。

芦苇诗自《诗经》始就有写芦苇的句子:"蒹葭苍苍,白露为霜",唐诗中,写芦苇的篇章不少,如"横塘一别已千里,芦苇萧萧风雨多""芦苇深花里,渔歌一曲长"……芦苇在诗中大多表现凄凉的景象,和芦苇做伴的,是秋风秋雨,是孤舟独旅。也有另辟新路的,如王贞白曾以芦苇为题写过一首诗,写的是他在自己的庭院里种植芦苇,"高士想江湖,湖闲庭植芦",写他种芦赏芦的闲适心情。虽然也有雅致,但我不太喜欢。芦苇应该野生,应该在水畔自由生长,在天地间展现生命的美丽和坚忍。

　　谈到芦苇的诗句,我们不能不记得那首诗:"竹外桃花三两枝,春江水暖鸭先知。蒌蒿满地芦芽短,正是河豚欲上时。"我偏爱芦芽,每读此句,我的眼前便出现芦芽出土的景象,初春时分,辽阔的湿地里,万籁俱寂,嫩红的芦芽悄然钻出泥土,齐刷刷地伫立在料峭寒风中,它们犹如春之宣言,用绿色的信念衍生着春天的勃勃生机。

七

　　帕斯卡尔说过这么一句话:"人是一株脆弱的会思考的芦苇。"这是流传很广的一句名言。他说人的全部尊严来自思想,"思想使我们囊括宇宙"。"人只不过是一根芦苇,是自然界最脆弱的东西,但他是一根能思想的芦苇。"

　　苏轼云,"纵一苇之所如,凌万顷之茫然"。这根能思想的芦苇,就是你,就是我……人是孱弱的,如同一管芦苇;但人又是坚强的,从柔弱中焕发出无穷的韧性,陪伴着我们一路前行,因此我读帕斯卡尔的《思想录》时,也仿佛是在听一个智慧的邻人闲谈。

　　在我看来,芦苇固然有脆弱的一面,就是人也有脆弱的本质,当然芦苇更有坚韧的一面,那种命里的坚贞,即使风吹雨打火烧,春天召唤的时候,又是一片绿色的海洋。芦苇最高层次的,我以为应该是它的诗意。我们的一生都在追求,求温饱,求富贵,求事业有成,求名垂青史,但这一切,都没有"诗意地栖居在大地上"来得有境界。这是因为,生命是短暂的,甚至是无意义的。我们一出生都在向自己的墓地走去,也就是说人生只有过程,没有目的,其最终目的地只有一个,那就是死亡。但我们珍惜这个过程,要在走向自己目的的旅途上,让自己开心一点,闲适一点,让心灵的感受美妙一点,于是我们行走着,歌唱着,观赏着,感受着,这就是人生的诗意了。

　　随着乡村城市化的进程、旅游业的兴起,家乡的湿地以及漫天海洋似的芦苇会不会因此而消失? 但人类依旧念念不忘的,不是坚强的象征,也不是思考的雕塑，更不是眼前的那无数的芦苇丛，而是它那秋天时头顶的一头思绪，在黄昏里翻飞着生命的诗意……

永远的槐花

那时，正是槐花飘香的时节，我们葫芦崖小学又迎来一个欢天喜地的日子。听山奎大叔从山外传来小道消息，有位刚毕业的女教师志愿来咱这遍山是砂石和荒山的学校教书，而且还是科班出身的呢。山奎大叔半是喜悦，半是忧愁，这穷乡僻壤的，鸟雀都不生蛋，咋能留住美丽的姑娘呀？靠山吃山，可咱这除了石头，就是杂树，我们拿什么招待人家？山奎大叔忧心忡忡。

星期一的早晨，我们山娃子，整整齐齐地伫立在山腰间，眺望着山下的羊肠小道，久久地注视着。

为了迎接新来的老师，狗蛋特地从二婶家偷来几个鸡蛋，小满从家里要来娘压箱底的红纱巾，就连最调皮的赖头也利用自己的本领，爬上了高高的香椿树上，掏了几个雀蛋，准备犒劳犒劳新来的老师。

黄昏时分，我们终于用最简朴的方式，迎来了新老师。或许是大山的贫穷和落后留住了她，或许是众多的父老乡亲的热泪留住了她。

她姓杨，名叫槐花，成了我最初的老师，也是我虚度13年的第一位老师。从此，我们在乡村的朝阳里，黄昏的牛羊声中，度过属于童年的幸福时光。

晨光熹微时，我们就在杨老师的亲切呼唤里，像枝头的小鸟从梦乡里醒来，一骨碌地爬起来，抱着书往山顶飞去。杨老师早就站在那非常乡土气息的校门口。篱笆围成的校园里，教室是队里曾经养牛的饲养屋，座位是泥土垒成的土台，还有一株枝干遒劲的参天大树，给简陋的校园带来一大片绿荫。阳光明媚时，我们就会齐刷刷地在绿伞里端坐好，一边感受古树赐给我们的福祉，一边神圣地倾听着这甜美动听的声音。那时，我们觉得杨老师的话语是世上最美最美的语言了。

下课了。我们山娃子围着杨老师给我们讲故事。有时，男生也会趁着机会到山沟里逮几条小鱼给杨老师，或者是几把山蕨野菜。我们女生总是喜欢小花小草的，就用自己的心思采摘野花编织精美的花环，戴在杨老师的头上。山村四月天，我们就和杨老师一起疯跑在金黄的油菜地里，漫天满地的金黄里，尽情地呼吸着春的芳香，把性情率真率实地交给了大自然，仿佛，我们是大自然的精灵，大自然的女儿。

五六十年代，正是青黄不接的时节。面黄肌瘦，应该是我们那个时代最显著的特征了。杨老师和我们一起空着肚子。因为山里也差不多家家断粮了，再也拿不出细粮了。每天，我们都是在蔬菜和窝窝头的咀嚼中填饱肚皮。

可在那段最难熬的日子里，我们却坚强地挺了过来。这要感谢杨老师那精湛的手艺了。有天中午，杨老师说，孩子们，今天在她这吃顿槐花宴怎么样？什么，槐花宴？我们都欢呼起来。我敢说，那是我一生中吃到最美味的午饭，虽然不见一粒米，一星油，但那股浓浓的清香，沁人心脾。我们还天真地问杨老师，是不是把槐花吃下去，我们将来也会像它一样灿然开放？杨老师扑哧一声笑了，她也煞有介事地说，是的，你们每个人都是一朵美丽的花，将来一定会比槐花开得更美更香的。所以，以后课余时光，打槐花，成了我们山娃子乐此不疲的事。山奎大叔和俺爹娘听说此事，苦笑，都佩服杨老师的艰苦朴素，和山里娃一样，是大山的好女儿啊！

那年月，杨老师终日也面黄肌瘦着，不见一丝血色，可精神抖擞着，用文化的养料把我们葫芦崖小学的孩子们喂养得白白胖胖的，宛如山林中的百灵鸟，蓝天里的雄鹰，扑展着稚嫩的翅膀，目光伸向遥远的山外世界。在杨老师那似帆的眼睛里，我们童年的伙伴们二伢、狗蛋、小满、懒头，还有我，终于第一次走出了爹娘的眼睛，走出了祖祖辈辈的大山，走进了繁华的都市……

如今，那段岁月随着历史的车轮一去不复返了。当年的山奎大叔不在了，杨老师也没有一点音讯。有的说杨老师由于营养缺乏,去省城治病了,也有的说杨老师随着知青政策回城了。曾经的葫芦崖小学也不复存在了,当年山村的鸟儿也飞向四面八方了。在当年的旧址上,一座座现代化的教育大厦已拔地而起,国旗在校园的晨曦中更加鲜艳、夺目。

槐花依旧,斯人远去!可杨老师的身影就像故乡漫山遍野的洋槐花,灿然地开遍了整个山山岭岭。

乡村灶台

转眼,春节前的习俗——祭灶即将来临了。蓦然,越过城市的煤气灶、电炒锅,我不由得怀念起乡间暖人的灶台来。

在苏北乡村,灶台、锅比邻而建,唇齿相依,灶台靠外,火洞在内,背靠着厚厚的山墙,灶台上方,是高高的烟囱,穿过屋顶一直延伸到屋外。一般农家灶台上要安置两口锅,一张锅烧主食,一张锅炒菜,两个圆形的排列,仿佛一只硕大的花生壳扣在灶台上。

灶台,乡村人家一处独特的风景。午忙时分,农人从湖里耕田耙地回来,回望村庄,只见从高耸的烟囱里冒出袅袅的炊烟来,残阳把最后的光斑照射在屋檐下的玉米棒或者乡场上,金色遍地。屋前鸡鸭成群,盘绕在主人的膝下身旁。炊烟,成了农家人的图腾,只要灶台下有火,日子就不会停止,家永远是那么温暖怡人的。

要是谁家娶新媳妇,那么灶台则更有韵味了。苏北老习俗,新媳妇要上灶台,为一家人烧早饭的,而婆婆蹲在灶下抱柴添火。灶上,媳妇忙得不亦乐乎,而灶下,婆婆则喜不胜言,婆媳之间其乐融融。

记忆里,祖母的灶台上还有一种别样的器具,仿佛坛坛罐罐之类,乡村人叫它水瓮子。至今想来没有比这水瓮子更节约的了。水瓮子安置在两口锅中间，水瓮子里能盛些水，每到烧锅做饭时，只要在水瓮子里添点水，保管你早晨醒来有温和的洗脸水用。贫穷的日子里，激发出农人多少惊奇的智慧来！

在历史的记录里，灶台是属于女人的阵地，"君子远庖厨""男主外，女主内"，男人的空间在外面。读书者，为求得功名；耕作者，为获得温饱；商贾者，为谋求财富。男人的成绩要靠家庭是否富足来证明，而女人的成绩则靠灶台来呈现。女人活动在三尺灶台间，"大门不出，二门不迈"。一个女人的本事，就体现在这袅袅升起的炊烟里，有了这炊烟，就有一日三餐，就有一个令无数外出打工的男人牵挂的家园、温暖的被窝、喷香的饭菜呢！

灶台，始终是与泥土分不开的，打着泥土的烙印，垒土成台，烧薪成火。它的温度与热度，与土地的厚重、结实，农人的淳朴、勤劳是血脉相通的。遗憾的是城市的节奏太快了，容不下灶台一丝乡土的笨拙，城市的厨房里见到的则是现代化的炊具，缺少的却是乡间灶台给予的温度和那一份儿孙绕膝的浓浓亲情。

灶台，是乡村田野站立起来的另一种景致，用物质和亲情继续着人生四季的忙碌与劳作。

红薯之香

在乡间，红薯算得上是最独具特色的粮食了。在那饥饿的年代里，那些憨实、肥嘟嘟的红薯，成了乡间日子的主题，是母亲灶前最爱钟情的食物了。

也许红薯在这时已经是个渐行渐远的物什了，躲在时代的缝隙里，宛如古老的歌谣，吟唱在乡间的阡陌上、旷野里。那些胖乎乎的、泼辣的乡间植物，枝枝蔓蔓的绿色身影，一直延伸到我城市的阳台。正是这甘甜的粮食啊，喂养曾经瘦

生活课

弱和懵懂的我,把我送出很远很远。

　　印象里,在老家的乡场上,有块三分菜园。也只有这地是真正属于自己的,其余的都是的公社的。父亲和母亲忙完了生产队里的事,趁着皎洁的月光,总要到场上拾掇一下,把泥土刨成一垄一垄的。趁着月光,拿着红薯秧一棵一棵栽,那情景,犹如在侍弄怀中的婴儿。父亲呢,则从远处担水,一瓢瓢浇水。不久,一行行翠绿就挂满了墒沟,渐渐地,就把泥土盖得严严实实的了。

　　秋风一起,喜悦的日子也就来临了。全家也都是严阵以待着,父亲早就准备好了牛、犁铧和板车,还有储存红薯的地窖。母亲也三六九到园子旁欣赏一会儿,其实也是去看青的,看看有没有什么动物糟蹋或者偷盗现象。这或许是可笑的事情,红薯又不是什么宝贝,但在那年月,确是我们家救命的稻草。

　　也是月色如水的夜晚,四野一片清辉,田野里空荡荡的,稻子早已收获一空。不远处只有枯萎的芦秆还枯黄地站在月色下,耷拉着空虚的脑袋,零落不堪的样子。这时父亲牵着牛拉着犁铧,顺着沟垄一路吆喝开去。在他那厚实的身后,一嘟噜一嘟噜红薯,从犁铧下浪花般涌了上来,大朵大朵的,恰似红色的花朵。跟在父亲身后的,是挎着柳条篮子的母亲,躬着腰板低头捡拾泥土上的红薯,一篮又一篮的,不一会,堆成小山似的。父亲也堆满了笑容,不时还传出几声嘹亮的牛号声,划破了寂静的夜空。

　　母亲趁着直起腰的空当,对坐在埂上的我说,儿啦,今年冬天有好的吃了。

　　脑子里一片空白。我至今也没有明白母亲的好吃的东西是什么,记忆中餐桌上上演的就是稀饭、饼子,要不就是带点青菜的粥,因为带了点青菜,中午的饭就不用吃咸菜了,咸菜可以晚上再吃。我常常咽不下去,可我不敢说出来,姐姐曾告诉过我,吃饱就行了,认字去吧。那时我正念小学一年级,8岁。父亲是典型的中国式农民,大字不识,憨厚淳朴,但我的成绩出奇地好。父亲知道日子的苦涩,不说,从生产队挣完工分回来,扛上捕鱼的家伙,一会儿一顿鲜美的鱼汤就有了。

　　红薯一直陪伴着我乡村读书的日子。天蒙蒙亮,早起的姐就烀了一锅红薯,厚的是红薯,稀的是玉米面,我把肚子吃得鼓鼓的,这也是姐吩咐的,不然到中午时肚子会咕咕直叫的,我信。当然,有时家里的鸡要是不偷懒的话,我还能幸福地吃上个鸡蛋。吃烦了,母亲就吩咐姐到溪中把红薯洗净,放在竹制的架子上,担在锅上,添上水,蒸了起来。这样,我吃红薯就又水里吃到了陆地了。有趣的是还可以装几个熟透的红薯放在书包里,课间趁老师不注意偷着吃呢。其间,我还吃过味道甜美的红薯藤炒辣椒、红薯条炒辣椒和烤红薯。

贫穷的日头造就智慧的乡民。作为所谓丰收的红薯,为了作为主粮维持日头,母亲不得不想出过冬的法子。因为如果不加储藏或者其他,红薯在冬季会烂掉的。这样一来,乡村的又一美景就展现出来。

在菜园的一角,母亲坐在一张木墩上,屁股下是镰刀柄,前方是带刀的红薯刨子。在母亲手不停地忙碌中,那雪花般的薯片从母亲的额前飞了出去。父亲就把一片片刨出来的薯片用篮子挎走,又整齐均匀地排列在泥土上,等到太阳一出,晒干水分,一种叫红薯片又称为山芋干的红薯家族成员诞生了,陪伴着我整个冬天的日月。而那些白花花的薯片,在我上晚自习回来的路上,仿佛地上的月光,亮堂堂的,照亮我回家的路。

瓜菜半年粮。红薯就是我们家的粮食。土里长大的乡村娃,都把红薯当作宝贝,虽然红薯不养身子,但它却营养着我们的脊梁,直直地担起了父亲的期盼和岁月的重荷。

如今,红薯已开始成了珍藏的食物了。黄昏时分,冬天闹市的街头巷尾,总会飘来一股熟悉而又喷香的红薯味,一瞬间,那朴实、亲切的情愫涌上心来,剥着烫心烫肺的红薯,父亲母亲那浓浓的温暖袭遍我全身……

怀念泥课桌

质朴的乡村,造就了无数充满着乡土气息的嬉戏。

比如在草垛里捉迷藏,到乡间田埂上比赛拔毛缨,还有挖田藕、逮泥鳅、走山羊等。这些看起来也许单调的游戏,却是乡间的孩子们着迷的游戏了。有时哪怕是一把木制的小枪,一根牧羊的鞭子,都会掀起疯耍的风暴。从早晨出去,直到掌灯时分,他们才在母亲唤归声里,带着满身的泥土,挂着一脸的汗水回到了家。乡村孩子的玩耍就是这样简陋,他们没有城里孩子优越的条件,他们所拥有的是蓝天、碧水、大地以及大地上一切所赋予的万物。整个乡野、村庄和轮回的四季就是他们生命成长的自由时空。

最值得我回忆和留念的,还是我上乡村小学时当作课桌的泥台。那时,农村的孩子哪有木质课桌用,就连教室还是破旧的牛屋改做的,四面的墙上,挂满了编织梦想的蜘蛛网,还有地面上散发出浓厚的牛屎味,夹着知识的好奇,一起吸入我们的肺里和心里。三间教室,垒了八排位子,当然,老师的讲桌也是泥巴做的。每天,我们坐在石块搭成的凳子上,把书摊开在泥课桌上,昂头听老师讲课。教室里到处是灰尘,半天下来,无论老师,还是同学,整个就是一群泥猴子,看了总让人忍俊不禁。虽然那时的泥台没有如今阔气的多功能课桌,但是它有它独特的魅力。一张泥课桌就是一张白纸,可以在上面刻上最初的生字,画上最美的图画;可以让我们感觉和父亲一样,他在广阔的原野上辛勤地耕耘着四季的庄稼。我们这些小孩子呢,就在方寸之间的泥课桌上,感受着田野的重托,近距离地和父亲站在同一起跑线上,开拓知识的旷野,去追逐人生的金秋。泥课桌,一逢到阴雨天,就更有趣了。教室内外,到处是忙碌的身影。一双双小手,在屋外和泥巴。原来，干燥的泥课桌难免在日常的磕磕碰碰中破皮掉肉的，所以趁下雨，老师就吩咐我们，快给泥课桌做美容手术啊！有些懂事的同学还为老师的讲台美化了一番。老师在课堂就表扬开了，说某某做了件好事，真是个好同学。大家听了，就觉得有些惭愧，一拍脑袋，我怎就想不起来呢？更有称奇的，还有的女同学从家里或田野里带来一些叫不上名字的小花小草，栽在泥课桌上，有时它们还能鲜艳好些日子呢。那段时间里，教室里就弥漫着一股淡淡的花香。

在那艰苦的日子里，我们认真地读书写字。一粒粒生字，就在这里生根发芽了，将来会开出盛大的花朵来。我们的老师虽然没有什么好的教具、好的电视、电脑以及现代化多媒体，但是那七彩的语言为我们描绘出了一个神奇的世界，打开一扇通向外面世界的道路。有时我们上课走神了，突然会从不知名的方向传了一句，瞧，麦苗听得多认真啊！哪里有麦苗？不知何时，一粒麦子落生在泥课桌里，从湿润的泥土里伸出了半指来高绿绿的身子，正挺拔着听呢。开小差的同学见此情景，不觉脸就红了，课堂上就传来一阵善意的笑声。

如今，那简陋的乡村的泥台课桌早已销声匿迹了，取而代之的是宽敞明亮的教室、漂亮的木制桌椅。然而，童年时的泥制课桌却给我留下最深远的怀念，我们饱蘸着父辈的艰辛和希冀，曾经在那泥制课桌洒下成长的欢乐时光，种下知识的种子，也教会我们在贫穷迷茫的岁月里，牢牢地树立读书求知的坚定信念。

远去的火缸

火缸是我们老家人称呼其独特的乳名。很多人叫它火塘,我独爱火缸,这只端在冬天手里的"茶"缸,在父亲的侍弄中,升腾起一个冬天的幸福与温暖,还有父亲无数古朴的守望。记忆里,过个年,在少年时的我看来,的确是件不容易的事情。腊月走近,父亲首先要忙着做过冬的火缸。

听父亲说,以前也没有火缸,只是在墙的一角,围个半圆,用石块或砖垒,中间留下洼地,那就是盛放柴火的地方。一个温暖的冬天过去,再看土墙上,战果累累,一面墙烟熏火燎的,成了一块抹平的黑布了。有时父亲还就地取材,在乌黑的墙上,留下自己的"墨宝",无非是"张家差一袋麦种,李家欠几斤猪肉"等,歪歪斜斜的,涂抹着乡村人家的风情。当然,土墙上,更多的作用是,每当我在学校得到奖状时,父亲就把那面黑墙使劲地擦出巴掌大的地方,把我的奖状认认真真地公布上墙,等到四乡八邻的客人来我家边喝酒,便夸奖上一番。兴奋的父亲也就趁势说道,喝酒!喝酒!

记忆里,我家每到冬季,都见父亲在篱笆门外,就一堆泥巴,揉弄着,然后撒上麦糠、稻草之类的。均匀和好后,父亲搬来大石块当作模具,做成一只底平、四围高出的火缸了。父亲说,现在人家都做火缸了,不像以前,随便找个地方,支上柴火,既不方便又不卫生。有的人家庭殷实,就做个水泥火缸,仔细地用啊,可以用上好几年呢。

真正忙活过年的工作,其实早就开始了。火缸有了,得有好的柴火啊。像稻草、麦秆太瓤,树棍又太浪费,所以最令人满意的就是那废弃不要的树根了。空闲的日子,父亲总喜欢吆喝上我,扛着铁锹,还有斧头,到家西河底的树林里,寻找伐树后留下的树根挖掘。半天下来，总能挖着好几个大树根呢，运回家后，放在阳光下晒干，足够冬天烤火之用。

火缸烤火御寒，这也是乡人取暖独特的方式。在这冬闲的日子里，一丝丝暖和着身子和冰冷的手。然而，最诗意和深邃的不是素常的烤火取暖，而是大年三十晚上的守岁啊，在享受着亲情和温馨的时刻，还有那么一丝神圣、庄重和一份无言的责任。

除夕夜。屋外，大雪飘飘，白雪皑皑。屋内，缸火熊熊，一室春意融融。

此刻，父亲把祖母也叫来了，端坐在火缸的旁边，我、父亲坐在两侧，姐姐和母亲要是不忙碌着新年的菜肴，也会一同坐下。一家人就这样坐在火缸旁，父亲总是喜欢拿上一包葵花籽，母亲和姐姐们则聊些女人间的私话以及婚姻；我就搬着个小板凳，坐在祖母的膝边煨红薯吃，小声地说着话，守望着新年的祝福。祖母还告诫我们，烤火守岁时，不能大声说话，要不然会把来年的财气吓跑的。烤柴火，就是财旺、人旺、前途旺，一年更比一年旺啊！

说话声里，父亲又往火缸里塞了几个树根片，柴火蹿得老高。母亲此刻已经给我们穿上了新年的新衣了，预示着新的开始。父亲呢，则和祖母一道，在经过祖母唐诗宋词的熏陶后，对我进行着德与孝、知识与成才的谆谆教导与洗礼，一家人其乐融融。夜深，父亲和祖母的眼睛半开半合，如醒如睡，依旧守护着这火缸，缸内的火依旧燃烧着。姐姐和母亲一道，熬夜不住去睡觉了。我呢，贪恋火的好玩，从家中蛇皮口袋里抠出花生或者玉米粒儿，埋在灰烬里，时不时会从中蹦出指头大的花朵来。这似乎是冬天里最美丽的花朵了，馨香诱人，生出了许多恬静的享受，幸福的日子。

往事如风，在北雪飘零的冬季里，我越发想念起老家的火缸来。内心深处总萦绕着老屋火缸边缠绕在亲人的膝下，燃烧的火焰，通红的火光，照亮了父亲布满皱纹的脸庞、母亲斑白的银发，瞬间一朵朵颇具沧桑与守望的花儿绽放开来，拂过我们的双眼，一瓣瓣毛茸茸的心事啊，温暖着整个冬天。

生活课

檐　　灯

走过乡间,你会发现,每一农家的门檐前都会挂着一盏灯,或马灯或白炽灯。白炽灯居多。已经褐黄色的白炽灯泡含苞在农家的门前,似乎深锁着经年的心事,打量着每一位走过门口的人。沉默不言。白炽灯与红墙黑瓦在一起,呵护着农家,则变得俊秀与清爽些,而与斑驳的土墙在一起,现代与古老,特别是在黑暗的逼近里,深邃了许多忧郁的季节。

从黑暗里走过来的人,总是对灯光有着热切的向往。我审视过没有灯光的夜晚,也见过浑身泥土气息的父辈们如何利用最后的夕光。冬日里,各家各户最热衷的就是早早地赶鸡上宿,或打狗喂猪,并且把一家老小的晚饭在夕阳还没有落尽时分做好。趁着夕阳最后的光芒吃完晚餐,接着上床睡觉。

乡间真正的娱乐是从夜晚开始的。农家的男人、女人们就会在黑暗中开始一家人的对话。男人们会披上棉袄,点燃一支香烟,对着黑夜里的女人,细言细语地说着话,诸如鸡圈门、猪圈门关好没有?南湖的那块地羊羔有没有去糟蹋?西大埝的油菜地里油菜几乎被人家偷光了,只剩下了菜根。男人们抽一口烟,再吐一口气,或轻或重地说着稼穑之事。女人们则应和着男人的话题,发表自己的看法。女人们也有女人们的话题。她会告诉男人张家的猪跑出了圈,把老邓头家的菜园吃干净了,看来过年的白菜猪肉泡汤了,或者说马上过年了也该给孩子添件新衣服了,大人怎么都能过呢。当然,说完自家的话题,女人们更多地会说一些秘密背人的话题,什么村东头的寡妇和队长如何好上被人家看见了、谁家的女娃没婆家就已经怀孕了,等等。当然,乡村的女人们,夜晚里最乐意的事情就是掏男人们的钱包。白天男人上街回来,晚上女人总要数一数钱包,是挣钱还是花钱呢。女人们就着男人的烟光，蘸着自己的唾沫一张张数着，男人们看着女人的馋样则会骂道，钱，钱，比你的娘老子还亲呢！骂完就哈哈地大笑起来，笑声飞出窗户，惊醒了树枝上的野鸟，扑着翅膀飞向更黑更深的夜晚。

一旦乡间的日子滋润起来，灯光也跟着亮堂起来。天一擦黑，农人就把檐灯拉亮，照着门前的路，也照彻着乡场上的稻子。乡场上，堆满了从田野里收割来的稻子，像无数喝醉酒的汉子，横七竖八地躺着。灯光照耀到饱满的稻粒上，秋天似乎又深沉了几许。女人们在屋里忙着做饭，男人们则在乡场上忙着把稻穗铺展开来，拾掇着石碾、牛还有牛鞭等物什，等着饭一吃完，就着檐灯投过来的光芒准备夜战。农人啊，只要一走进丰收的日子，就不管白天夜晚了。在他们的日历上，粮食就是他们的灯盏，是他们生命延续的灯光。等到颗粒归仓、清闲的夜晚里，农人才会一个劲地喊疼。

挂檐灯的农人在耕种之外，也懂得诗意。夜幕降临，农家华灯初上，每一家从屋檐下都会开出一朵橘黄色的花朵，在冬夜清冷的夜晚里，给人以深深的暖意。每一位夜行者看到那檐灯，都会找到回家的路。当然，农人没有想那么深邃，他们只知道，在黑夜里点燃一盏灯，能给过路人带来方便，还会赢得赞许。被灯光照耀的人会对主人家说，这家真是菩萨心肠呢！这样的话谁听了心里不是美滋滋的呢？还在乎那一点点灯油？

等到过年时分，农家的檐灯会一直亮到天明，特别是在大雪覆盖的夜晚。天地间一片白茫茫，黑的树枝、黑的道路还有黑黝黝的建筑物，一切都被白雪覆盖了。这时，橘黄的灯光照彻在雪地上，一盏盏，是夜晚最美的景致，是美轮美奂的中国画，画不尽的田园风光，写不尽的农家诗意！再看农家的每一扇窗格里，热气腾腾，那是农家的女人们在忙碌着新年的年糕呢！农家的女人心思细腻着呢！每年这时，家家都是热气直冒，许多人家忙年货，会忙到子夜才肯歇息。锅上锅下，忙得满头大汗，热浪从窗户里扑出来，整个雪地蒸腾起来。乡间的女人们都有个成俗的约定，谁家热气直冒，时间越久就会让别人家以为其富裕呢！所以，檐灯亮着，整夜不灭，一家家，一户户，把白米面馒头一个劲地蒸……

灯前细雨檐花落。这是雨中的檐灯。檐的灯，花的灯。现在，在乡间的屋檐下,细数灯花的是远行者吗?静寂的村庄,人声寂寥。再现衰败的屋檐下,伴随檐灯的是一张张苍老的脸和稚嫩的脸。

阑珊的灯影里,谁会照亮他们?

菜 根 香

跌落在城市的烟尘中,在灯光下回想日间走过的路,忽然念头缠绕在一棵大白菜上。多年迷失的乡间日子,让在灯红酒绿中摔打的我回味了良久。离我家不远的汴河堤上,年头新开了家酒店,不同寻常的是酒店的名字叫"菜根香",曾经想这样的酒店谁还会光顾?都是来自泥土的人,只会向往那些生猛海鲜,谁会再去垂青这白了头的菜根?当我读到著名女作家池莉的散文《好日子怎么过》,犹如醍醐灌顶,我忽然明白了生活乃至人生的况味。

我和白菜是亲密的伙伴,因为我们是共同从泥土起步的。在一段味如白菜的日子里,每天母亲耕耘在半亩的白菜园里,在日子里眼巴巴地守望着它长大,直到白露落地,白菜一夜之间正了名,收割白菜的日子就来临了。一日三餐,白菜饭,白菜烫,要不就是白菜馒头了。白菜系列成了我们家传统的节目。或许,曾经过穷日子的人都会有过这样的体验。

母亲安慰我说,娃,吃吧,吃白菜好长出息呢!我把筷子朝碗上一搁,我才不呢,长大了,我一定要不吃白菜,过上城市人的富日子。我想城里的人肯定是不吃白菜的。对白菜,那时的我真有点恨之入骨啊。的确,那段缺盐少油的日子,让很多人都面黄肌瘦,整天打不起精神来。偶尔吃上一顿鸡肉,也不知道要挨母亲多少皮鞭。因那鸡是别人家的。为此家里个把月吃不上一点香油啊。

为了这目标,我拼命地在书里跋涉,在灯光里描摹城市的脸庞。当然,其中还有母亲的殷切期盼呢。

  10来年过去。终于我在纸上的奋斗成了现实。在车水马龙的大街上，在鳞次栉比的楼丛里，我找到了属于自己的一席之地。住在明亮的高楼上，眺望这些城市的灯火，我体会到的是一种多年梦寐以求的生活。终于告别了泥泞的乡路，告别了寡淡无味的白菜生活。每天，穿上锃亮的皮鞋上班，不用担心泥土的袭击，吃饭了，不用担心没有丰富的大鱼、红烧肉等几道菜，要是别人家请客，吃上几顿螃蟹、甲鱼，还是绰绰有余的。应该说胃是幸福的，每天接纳的都是美味佳肴。

  然而，遗憾的是，为了告别白菜的生活，我付出了多大的代价啊。那段乡间的日子里，虽然吃着粗茶淡饭，与白菜相依为命，日子却很充实。忙时就扛起锄头，耕耘在田野里，身旁同样是劳作的农人，说上几句家长里短；麦场上，坐在高高的麦囤旁，谈一些稼穑的风云，其乐融融，不亦乐乎？陶醉之余，吆上你我他，朝堂屋一坐，花天酒地，不醉不归。黄昏时分，家家扶得醉人归。也许，这就是所谓乡间的日子，那何谓城市的生活？如果用词语来形容的话，真是叫陀螺般的生活。在满足嘴巴之后，开始追求住房了，在有了住房之后，开始买车了。等到买了车后，又发现人家都住上了别墅。走在大街上，商品缭乱了眼睛，激起购买的欲望。走商场，逛超市，发现好的东西真是太多了，要是拥有它该多幸福啊。一个欲望接着一个欲望，直到风尘仆仆、疲于奔命，直到绞尽脑汁、投机钻营，直到夜不成寐，食大鱼大肉而无味。

  纸醉金迷过后，花红柳绿之后，才明白原来食之无味是因为物质太多了，信息太多了，诱惑太多了。日子怎一个贪字了得？想想故乡的墙根下，冬日吃完饭后，那些悠闲的老人就蹲在墙角里，和着暖暖的阳光，畅谈神侃。

  原来，穷日子，富日子，与白菜无意，它与性情有关。难怪《菜根谭》里云：心安茅屋稳，性定菜根香啊。富日子不仅是物质的，更是精神的。日子是皮囊，需要人的心充当它的灵魂。灵魂从哪里来？"读书中来，修养中来，智慧中来，安静中来，松弛中来，不虚伪的时候来，不贪婪的时候来，懂得珍惜时间的时候来，懂得维护心灵健康的时候来。"

生活课

　　白菜是日子的名片,而心灵才是日子的内核啊!拥有充实而高尚的灵魂,就是菜根般的日子,一样充满浓浓的清香啊。圣人弟子颜回居陋巷、戴破帽、食菜根,照样丝毫遮不住学问的光芒。那份白菜泡大的清心寡欲里,营养着精神的执着。我明白了那家叫菜根香的酒店为什么宾客盈门,酒肉穿肠的生活里,何尝不需要来点清淡的日子?清醒清醒头脑,洗礼洗礼心志,看清人生的方向。

　　再去菜根香酒店,咀嚼着菜根,感觉是整个包菜的香味都集中在这一小块根上,香气浓郁,香甜,嚼菜根的感觉真好,入口时,菜根的味道较淡,嚼起来以后,是愈嚼愈香,亦甜,是淡淡的然而是坚定的甜。郑板桥有诗云:白菜青盐糁子饭,瓦壶天水菊花茶。扫来竹叶烹茶叶,劈碎松根煮菜根。

　　白菜营养的日子,还是人生的一个境界呢。

第三辑 / 烙太阳

生活课

父 亲 进 城

　　在城里安家后,请父亲来享享清福,改变过去日落而息、日出而作的劳作生活。父亲也欣然允许了。谁知父亲来城的第三天,我便感觉到了父亲的不自在。晚上父亲和我谈了,吃完饭闲着,心里空荡荡的呢!找个事情给我干吧。我说父亲您要是不怕累,那就帮我养养花吧。我们家的阁楼一直空着,空气、阳光也都还行。这样,白天,父亲不是孙子的陪伴,就是花草的陪伴。为了给花草培上新鲜的泥土,父亲从老远的庄稼地里背来泥土,给花盆一个一个填满,忙得不亦乐乎!当然,大部分时间里,躺在床上,有电视剧的陪伴。

　　有天晚自习,妻子慌里慌张地跑来,告诉我俺爸不见了。我一听,头都大了,还能迷路了?小区高高叠叠的楼房,父亲能分清几楼几栋吗?妻子还说,家里还失踪一张竹席。我明白了几分,安慰妻子,没事,父亲那肯定去别处乘凉了。我和妻子手拿电筒,在小区里东找西找,我们沿着楼群,一幢一幢找,娱乐场、休闲中心等都没有父亲的踪影。我们又跑到小区外面的马路上寻找。宽阔的马路上,长满着参天耸立的大树,给喧闹的城市注入了一股清新的氧气和凉爽。我和妻子怀疑,父亲还能在这?出人意料的是,父亲在一棵茂盛的大树下,正呼呼大睡呢!鼾声传出了好远。

　　回来后,妻子泪汪汪地说,爸,我们让你受委屈了?父亲立刻道,没有,很好啊!那您怎到外面睡觉?别人还以为我们欺负您老呢?我对父亲说,爸,您有什么就说,别装在心里,家里空调、电扇、电视都有,您还缺啥?父亲这时意识到了问题的严重性了。父亲说,孩子,我没有什么,只是觉得住在高高的楼房里,心里

总感觉不踏实呢,一辈子和泥土打交道惯了,哪有在地上和泥土靠着安稳啊……

夏天的老家,月朗星稀的夜晚,父亲总喜欢在乡场上乘凉。举头,不仅拥有李白的诗意的月光,充满诱人的民间神话,还有满天的星星挤在一起,像孩子的小脑袋,可爱着呢,闪烁的星光,预示着明天又是个响晴;耳畔,那秧苗的清香从四面八方袭来,让人有说不出的舒爽,似乎丰收的秋天正往乡场上赶呢。聒噪的蛙声此起彼伏地叫嚷着,演奏着秋天的交响,不远处,小溪哗哗流淌的声音,构成了乡村夏夜最美妙的小夜曲。更令人兴奋的是乡场上,东一处,西一处都围着鼓鼓的麦堆,一村的人都在,大家就着粮食的话题天南海北地神侃着,聊家常,话稼穑,其乐融融。

父亲说,生来是泥土的命啊!生活困难时期,我和你娘为了养活一家大小几口,我们不分昼夜地忙碌在地里,夏季忙时,我们是一天三顿饭都是在田埂上吃的,眼看着庄稼到手了,可不能让它给糟蹋了。累了,就正好睡在田埂上,醒来了就接着干……现在,不见一点泥土和庄稼,我总觉得心里像被人掏空似的。我和妻子听了父亲的话,心都沉甸甸的,眼里潮潮的。

幸好,小区的北面有块偌大的荒地,还没有开发建设。我对父亲说,给您一块地侍弄侍弄吧!父亲喜出望外,那好啊,正好来活动活动我的筋骨啊!不久后,那块荒芜的土地变成了肥肥的庄稼地,长满了苞谷、大豆、青菜、番茄,还有丝瓜等,浓浓密密的,蓬蓬勃勃的,一年四季,瓜果飘香,成了小区免费的菜场了。

生活课

 **重温农民**

稻子熟透了,老家父亲打来电话,要我回家收稻子。其时,我心情正烦躁,一棵城市的水稻感觉找不到自己生根的土壤,一种漂泊的情绪浓得化不去。

迷迷糊糊地进城几年,渐渐地忘却当初的耕植之事,想到庄稼,总感觉一种原始的、落后的和贫穷的景致。那成片成片的稻穗,在秋风里掀起多少金色的梦想和农人的喜悦啊!然而,沉甸甸的稻穗背后,究竟能换来几张市场下的纸币?一粒稻谷的重量是否高过一张纸的重量?公司的一笔合同,商人的一笔生意,小贩的一堆物品,哪一种不抵上四季粮?我曾这样跟父亲比较,可父亲执意不肯。父亲说你哪天在城市的舞台上混累了,你就回家来看看,或许你就会明白什么。乡场上,父亲正干得起劲。我脱掉西装革履,父亲又给我拿来他的标准的农民行头给我套上,我迅速地加入脱稻谷的劳作中。脱粒机叫得欢,父亲忙得乐。一瞬间,犹如醍醐灌顶。对于即将迈入三十的我来说,第一次直面农民一词,第一次开始真正地理解它。

此时此刻,景仰农民一词完完全全地撞击着我的胸膛。

景仰农民,景仰稻谷的憨厚和真诚。农民用辛勤和汗水浇灌,用四季去孕育。稻谷呢,用它的自身使命和忠诚,在金色的秋天,为农民运送来丰收的稻谷。一粒汗水就是一棵水稻,一棵水稻就是一粒希望啊。这真正体现了付出就会得到回报,让人看到了希望,看到了实实在在。要想幸福你就尽情地吼吧,要想发财你就尽情地干吧。在通往致富和幸福的乡村大道上,等待的是一步一个脚印,而城市诱人的陷阱,涂抹着迷乱的色彩,在人心叵测的空隙里,投机倒把,坑蒙拐骗,耍着十八般的武艺,巧夺着经济的价值。有的人一夜之间能成为百万富翁,有的人呢,一夜之间也能倾家荡产,还有的人,在午夜还在街头蹬着三轮车和沉重的夜晚。在一张纸币的正反面上,折射出的到底是谁家的灯光?

景仰农民,景仰他那宽广的田野和胸怀。金黄的稻谷,碧绿的菜畦,浓密的树林,还有高低起伏的田野。在辽阔的背景上,农民在把握庄稼的同时,心情也奔跑在无边的田野上。农民什么都接纳,歉收、风雨、冰雹或悲欢、忧愁,还有与泥土一辈子打交道的安适。让人敬佩的是农闲时候,农民就漫步在田野的阡陌上,恰似闲庭信步,左看身边的麦田,右看脚下的小河,偶尔也会欣赏一下落日的美景。午忙时,他们就脱去衣服,露出黝黑的胸膛,兴致激越时,还会自由自在地吼上几嗓子牛号。不像城市的面孔,迈着匆匆的脚步,让钢筋和水泥浇铸封闭的家园,让胆战心惊守卫夜晚的宁静。要是你不小心那么大吼一声,包管你的楼下楼上找上你十次八次,直到你道歉、请酒作罢。

景仰农民,更是景仰农民朴素的思想和那无为的境界。生命赋予他们仿佛就是一支犁铧,一棵庄稼,在大地的怀里,农民充满无限责任地要把它侍弄好。春耕,夏种,秋收,每一天农民都安排好农事,每一季都布置好农活,沉醉在泥土中,挖掘田里的金黄。农民的劳作无须看谁的脸色,也不是为哪个人干的,更不是为了升官发财;他们只是为了苍天与厚土。只要给出一块泥土,农民就会在上面栽种出蓬勃的庄稼来,否则他们会担心遭到老天爷骂的,会愧对天地良心的,一辈子睡不安稳。

回到我仄居的小城。其实,城市不也是一块块农田吗?它的曾经也是长满碧绿的麦苗,鸣叫着欢乐的鸟语。现在代替它的只不过站起来的泥土,骨质的泥土。如今的田野只不过是用商品和钢筋包围起来的篱笆菜园,你我依旧是本土意义上的农民,城市也依旧是本土上的田野;为什么在纸醉金迷的霓虹灯里,我们的目光我们的心灵就失去了方向?我们到底在注视着什么?如今的农民已不再是那贫穷落后的象征,因为他们给予我们的是侍弄庄稼的实在,做人的真诚以及那干净朴素的思想;他们给予我们的是一面最原始的铜镜子,在照亮你我真实的心灵。

生 活 课

　　雪白的浪花从遥远的山峦里汹涌而来，一层层地，犹如翻动着母亲的人生课本。蜗居在遥远的都市，眺望着家乡的浪花，一刹那间把我淹没在大苦大悲大爱的母亲生活课里……

　　母亲生我的时候，正是荒年，每天到处都有饿死人的消息，就是这在生死线上挣扎的日子里，丝毫没有挡住母亲要生下我的渴望。母亲拖着怀孕的身体一边跑很远的路去寻找食物，一边小心翼翼地呵护着肚里的我，用艰难的劳碌来维持两个人的生存。不幸的是，母亲在即将分娩的日子里，突然发起了高烧。当时母亲没有对任何人说，也没有去医院治疗，她暗地里想，挺一挺就会挨过去的，等孩子生下来再说吧。晚上父亲回来了，看着无精打采的母亲，一摸额头，吓得不得了，顾不得风雨，用那张古老的木床，父亲又从庄上请了4个劳力，连夜把母亲送到了公社医院。在医院里，母亲在高烧的迷糊里，仍旧一个劲地喊不要打针吃药，等孩子生下来再说啊……母亲在回忆时跟我说，那次病真厉害啊，把我的嘴唇都烧得裂开了，嘴唇都是血。我问母亲，生病了怎么不去医院？出了危险怎么办？当心连大人的命都丢了！母亲笑了笑，一是你父亲穷，再是听人说吃药打针要影响孩子将来的健康，药带三分毒啊……

　　生命的最初一课里，我读到了母亲那惊心动魄的一页，是那么辛酸，那么凄美。上学了，家里依旧没有摆脱贫穷的状况。母亲一狠心，一把掐断正在土屋里识字的大姐、二姐上学的路，把那叮叮当当的铃声留给了我，把痛楚深深地埋在她自己的心里。就这样，大姐、二姐和母亲一起扛起了家的责任，在土地上开始了自己生命的犁铧。童年时，从课堂上归来，母亲总是把最好吃的玉米棒留给我;从街上回来,母亲总是把最好吃的油条、麻花买给我;赴宴回来,母亲总是把最好吃的糖果省给我。记得有次母亲到遥远的河西走亲戚,几天后回到了家,便迫不及待地从贴身的衣兜里拿出个包裹来,那是手帕包的,一层层解开来,竟是一只发干了的苹果。母亲愧疚地说,人家给了我一只苹果,我在怀里揣了几天,原本想给你吃,谁知道却干成了这个样了,说完还不停地惋惜着。

17岁那年的夏天,我解开了母亲心头的无数忧愁中的之一。因为母亲有句挂在嘴边的话:我就愁你……小时候母亲说我愁你怎么长大啊,念书时母亲又愁我的将来。当我把红红的大学录取通知书递给母亲时,母亲经久的皱纹瞬间开了花,那段日子,母亲的脸上挂满了喜悦。在小村里,我是第一个从目不识丁的穷人的家庭里走出的大学生,也为含辛茹苦的母亲和老实巴交的父亲挣得了光耀的门楣。之后我在母亲的守望里辛勤地苦读,取得优异的学业,同时从邮局或车站取那用汗水从泥土里挣来的钞票和粮食,一取就是5年啊!

工作期间,母亲时常打来电话,吃饱了吗,一个人注意身体啊,少喝酒啊,钱够不够用啊。冬天里,母亲又叫姐姐上街称了毛线,打了件毛衣请人捎来。其时,母亲已经五十多岁的人了。每当工资发下来时,我会从超市里买点东西送给母亲,这也是儿子开始回报母亲的时候了。我对母亲说,不要再辛苦了,不要再节省了,您只要身体好我就安心了,我能照顾好自己。母亲一看我大手大脚花钱就显得生气,浪费钱干啥,省着,现在连个房子都没有。母亲说,等哪天你在城里成家了,买房了,我再大吃大喝不迟……为了让母亲不再操心,我结婚了。不久,用我们夫妇俩的工资,再加上到银行办了按揭,终于在城里买了房子。我把这事高兴地向母亲汇了报,母亲非常地高兴。她特地从老家赶来,不顾楼层高,噔噔噔一下子就上来了,左打量右打量,一会儿说这儿好,说那儿不好,要不就是这儿干什么,那儿干什么,吩咐我这或那的。母亲耐心地说着,还从衣兜里拿出多年积攒的5000元钱。母亲说,这都是你每月给我的零用钱,你看,我给你收得好好的,拿着帮补一下。望着母亲包得整整齐齐的5000元钱,我一阵酸楚。后来有一次我回家,闲谈中父亲对我说,你看,你妈又在为你的按揭贷款发愁呢。

生我养我的母亲,在您的世界里,为了儿女您总是有数不尽的忧愁;在您生

活的课程表里,儿女就是您一生的文章,就是您读懂人生的全部啊。您何时能为自己考虑考虑,让儿女们还您一个晚霞满天的岁月!

火红的福字

  除夕将至,在节日浓墨重彩登场之际,透过红红的盖头,那方方正正的"福"字,宛如一缕冬日的暖阳、深夜遥远的钟声,抵达我心灵的庙堂,布满我忧伤和肃穆的天宇。

  贴福字,是乡下的春节里必不可少的传统习俗,和打年糕、剪窗花一起散发着浓浓的年味。记忆中的乡年,总是充满古老和质朴的诗意。安静祥和的乡村,那段新年前的时间里,耳畔充满的是孩子们的鞭炮声。天空飘落下大团大团的雪花,在黑色的光秃秃的参天大树上,在灰色的村落以及稀疏的麦田间,构成了村庄最古朴的诗句。鸡鸭鹅的欢叫、鸟雀的啼鸣则鲜活了乡村明亮的额头。最诱人的就是家家户户的厨房里,从冬天封锁的寒冷中冒出香喷喷的美味来。年前的美味佳肴都躲藏在母亲的双手里了,我们这时总会瞪大眼睛,等待着新年的降临。

  然而,新年于我却是一种难言的诉说。咱家祖上识字不多,其实文盲的仅是父亲。父亲说过年倒不怕,担心的就是门对子无人写啊!(春联在我们那叫门对子)咱村识字的人不多,这样一来,仅有的文化人成了全村最受敬重的宝贝。平常谁家来了客人或红白喜事,总会把他们抬举得高高的。每到新年,他们家门口,总会排满了写门对的人,手里拿着早已裁好的红纸,在翻飞的雪中等待着。那庄重严肃的表情,让我一生忘不了。父亲把那时6岁的我抱在怀里,一股暖流把我包裹着。我对父亲说,我们回家吧,不贴门对吧。谁知道父亲狠狠地瞅了我，说什么混话……我第一次看到父亲发了脾气。难道写门对在农人的心里，是那般的神圣？回来后，父亲说，娃，明年的门对就该你写啦。我一听，哇地哭了。母亲走了过来，望了望我，埋怨父亲，你也是的，孩子才6岁啊。我听到父亲沉重的叹息声。

7岁的那年，在院子中央，父亲为我准备好了笔墨纸砚。虽然我平时也瞎写了一段时间，比如咱家的墙壁啊板凳啊，还有我的识字课本上，到处都留下了我的墨宝。可是，当我从目不识丁的父亲手中接过毛笔时，我心一颤，莫名地感觉到沉重的东西落在我的肩头。父亲用苇叶把红纸裁好，然后按住一段，在父亲的注视下，我开始了涂抹春联的历程。一些"五谷丰登""勤劳致富""普天同庆"等歪歪斜斜的字从我稚嫩的笔下走过来，带着新年的希冀和祝福，舒展在父亲饱经沧桑的皱纹里。父亲叫我写得最多的就是什么"牛头兴旺""六畜平安"，还有最大的福字。父亲说，庄户人，靠的就是这些鸡鸭鹅猪之类，它们也是庄户人家的一员啊，一年四季，要保佑它们平安无事。当然，还有什么笆斗、土瓮、叉把扫帚、犁铧、耕耙等，这些庄稼的家伙，新年了，也不能忘了啊。这时，父亲总会叫我放下手中的笔，洗净手，再拿着福字，神情庄重地贴在笆斗、土瓮等上。父亲不许我有一丝的嬉笑，如果贴斜了或者贴歪了，父亲便会立即叫我纠正，不容拒绝。如今，那些乡村的古董在时间的古井里恐怕已销声匿迹了。可是，曾经那淳朴古老的模样，深深地烙在我的心坎上。它们和乡村的斗笠、蓑衣等一样，在乡村的天地里，是农人的守护神，是父亲的图腾，有了它们，村庄就有了一年四季的丰收和红红火火的日子，还有永远的希冀和憧憬。扶着犁铧，庄户人感到了大地的丰厚，收获从掌心里涌上来；肩扛着笆斗，一个殷实的日子又铺展开来；家中储存着几只土瓮呢，似乎就囤满了来年甜蜜的日子……

每年春节，父亲总会叫我写春联，福字必贴，贴满家中大大小小的物件，从不更改。有时，福字多了，就在高高饱满的织席旁麦堆上，恭恭敬敬地贴上一个斗大的"福"字。

长大后我终于明白，那一张张福字，对于两眼雪黑、靠土地养活的庄稼父亲来说，就是父亲一年的祝福和祈祷，是父亲一生行走岁月的拐杖和生命的守护神，小心翼翼地呵护着一家人的健康、幸福和吉祥……

娘

娘，农村里最朴实无华的一位母亲，无甚特别，终日在田间和灶台上忙碌着，点燃着一家人的袅袅炊烟。娘大字不识，俗话说的睁眼瞎子，然而，在娘的字典里，却用乡间最憨实的象形文字，为儿子祈祷幸福的未来。

苏北农村，特别是江淮一带，小孩子到了6周岁，家里的大人总要给孩子庆贺，当地兴孩子6岁剃毛头。什么叫毛头？就是在孩子的脑勺后留有一撮头发，就是小辫子，等到二月二、龙抬头那天，由孩子的舅舅把那小辫子给剃了。也许是民间为了追求吉祥如意，在剃头之间加了个"龙"字，称之为剃龙头，有望子成龙之寓意吧。因为6岁时，也是孩子走进学堂的时候。

记得那天，舅舅负责给我剃毛头，三声鞭炮，在亲人们的热闹声中，舅舅从剃头匠处借来推子，笨手笨脚地忙碌起来。正要开始，只见娘从灶间慌里慌张地赶来，立即制止了舅舅的行动。接着又是一路小跑，一会到菜园子，一会到隔壁的书香门第人家。不一会儿，娘迈着小脚、气喘吁吁地赶来，她一手拿着书，一手拿着一把葱。大家都很纳闷，我也奇怪，娘，你拿书和葱干吗？你又不识字的？娘憨厚地笑了，儿啊，俺不识字，我儿你长大一定会帮娘认识字的，今天你的身上插满葱，明天你一定会更加聪明的啊……

原来，娘在用最原始古老的事物来祝福和祈祷儿子。神圣的书、充满田野气息的葱，沾染着娘最朴实无华的爱，此刻变得如此温馨。

娘在我幼小的时候用最乡土的"汉字"祝福我。此后，我在娘的目光里一直

上到初中。

中考的日子到了,我没有告诉娘。那些日子里,娘不知道有多高兴。在咱们小村,我是第一个到县城参加考试,尤其是在目不识丁的家庭里。

娘说过,她的字由儿子给她认去。娘说,在她的字典里,她愿意用汗水和犁铧为我涂抹人生的汉字,那锄头,那镰刀,就是娘的笔,田野就是娘的稿纸,而我就是娘的作品。为了儿子,娘从牙缝里节省,在最艰难的日子里坚持供我读书。夜晚的灯下,我在桌子上写字,娘就在旁边缝补衣服。我说,娘,您去睡吧。娘说,不,我在旁边看着,这样字会更亮些。

考试那天,我一个人悄悄地起身,摸黑打开门闩,从家中的竹篮里摸出娘昨晚烙好的饼,三块糖饼,我拿一块,留下两块给娘和爹,在三更天里我上路了。一路上陪伴我的是天上闪烁的星辰和地上此起彼伏的狗叫,在静寂的夏夜里,陡增几分空旷。

跑到县城时,天已经大亮了。日头从东边冉冉升起来了。我掸了掸身上的灰尘,擦了擦布鞋上的露水,就溪水洗了把脸,啃了几口糖饼,走进了考场。

铃声响过。校园里忽地静了下来。只有钢笔在纸上沙沙的声音,仿佛春蚕在吃桑叶的声音。唯一喧闹的只有那棵大树上的知了,站在高处,不解风情地引吭高歌呢。正考着,突然,被门外一阵吵闹声打扰了。

"老师傅,让我进去吧……让我进去吧……我儿在里面考试……还没有吃饭呢!"我伸头一望,一个和娘差不多的农村妇女在门卫那苦苦哀求呢。她的手里边拿着刚在外面摊点上买来的豆浆、包子,还正冒着热气呢。见此情景,我鼻子一酸,忙拭去泪水,继续考试。

当知了稍微休息的空隙里,悦耳的铃声也再次响了。我轻松地走出了考场。刚走到门口,只听见有人叫我的名字,"二伢,二伢!"。

我回头一看,原来是娘。娘站在梧桐树下,任火辣辣的阳光从缝隙里筛下来,斜洒在娘的脸上,汗水纵横。娘手里端着个陶罐,上面盖着蓝布毛巾,还冒着热气呢。

"趁热吃了吧。"娘说,"我一早就赶来了,怕影响你的考试,我就在这儿站着呢。终于等到你来了呢。"娘一脸慈祥的笑容。

娘揭开盖子,又不好意思地说,其实也没什么,就是一根油条,还有两个荷包蛋呢……娘说,你看,一根扁担两个筐,说是吃了它,考试准能考一百分呢……

我看着含辛茹苦的娘、憔悴衰老的娘,再也忍不住了,就着泪水,把油条和荷包蛋吃完。饭后,娘也不歇一下走了。

我知道,娘才是我人生的字典啊,永远留在我心坎上,一生也读不完……

圆圆的月饼

今年中秋节前夕,我和妻子就早早地买了几斤上好的月饼。

母亲已六十多岁了,每谈起中秋节月饼,母亲总说那年头,哪有月饼啊,五六十年代,正是荒年时候,家里连一点米面的星子都没有,整天饱腹的都是野菜、树叶和茅草根,一家五口人就是这样熬过来的!

七八十年代,农村实行了土地联产承包责任制,咱家里才有了3亩的口粮田,终于第一次自己拥有了白花花的面粉了,面香得诱人,吃上一顿饼,可以说是那时很多人最大的梦想啊。一切刚刚开始,粮食依旧紧张,每顿饭家里都是用瓢舀算计好的。记得最清楚的是那年头家家有只米面瓮,用来盛粮食的。为了准确计算吃多少,还剩多少,还在瓮的外面、里面做上了记号。逢上吃面的时候,也总是用来烧稀饭喝的,因为一点点面,可以烧出很多稀饭来,足够一家人喝的,虽然那稀饭稀得可以当作一面梳妆的铜镜子。

在母亲和父亲没日没夜的勤劳下,我家的日子越来越好起来了,瓮子里开始有了陈粮,逢年过节也能吃上什么鱼或肉的,那可是我们家最大的盛事了。街市上也开始有了卖月饼的了,我们姐妹几个都盼望能吃上那香甜的月饼。但母亲不肯买，她总说那太浪费了。我们自己做着吃吧，她拿出了早已准备好的面和芝麻，还有红糖，开始忙碌起来。那虽然是无法与街市上相媲美的月饼啊，可不等母亲吆喝，也总是让我们姐妹几个吃个精光，根本无暇考虑母亲和父亲的份，这事至今想来，真是内疚不已。

后来，我和姐姐、妹妹在母亲和父亲的培育下，一个个相继考上了大学。昂贵的学费以及生活费，沉重地压着他们瘦弱的双肩。生活的困境使得他们已经无法去考虑什么节气或月饼的事了，最重要的事就是挣钱，供我们读大学。

如今，我大学毕业了，工作了，结婚了，有了儿子，母亲也有了孙子，我们该好好孝敬双亲了。可是，每到中秋节，电话里母亲总是再三吩咐，来家过节吧，千万别买什么月饼，瞎花钱，我早就给你们做好了。我不同意，同母亲争，我们不需要省了，什么都有了，您老也该享受享受了。母亲总是眼一瞅，什么都有的呢？那房子呢？站在一旁的父亲悄声对我说，就依你妈的吧，她至今依旧抠得很，她还准备省钱为你们在县城买房子呢。

又一个中秋节来临了，我和妻子商量，这一次可不能再错过了。再说我们终于在小城通过按揭买了套房子，我们买了月饼，我想母亲应该没有理由反对吧。妻子为了把节日搞得隆重点，又买了许多礼品送给母亲、父亲，好好慰劳慰劳他们二老。令我吃惊的是，母亲转身进了厨房，拿出自己烙的糖饼，对我们说，妈估计你们月饼都吃腻了吧，尝尝妈做了多年的"月饼"。妻子一怔，忙拿出一块月饼，对妈说，您也吃块真正的月饼吧。母亲搂过孙子，接过月饼，小心翼翼地放到嘴边，边吃边连声说，真甜啊！

我和妻子望着一生沧桑的白发母亲，眼泪簌簌地直往下掉。我知道，属于母亲的那一块月饼里，深藏着一家人的幸福啊！

生活课

 秋天的火把

对秋天的感觉，我一直是心怀感恩式的温暖，它不是来自那种欣欣向荣，抑或硕果累累的景象，而是来自故乡中秋节特有的庆祝活动——点火把。

在秋天走向粮仓的时候，摸秋作为苏北独特的习俗，在月朗星稀的夜晚就上演了。从丰收的田野里偷点果实，一来表示今年年成好，偷点丢点不算什么。二来表示吉祥，把金秋偷回家，预示来年夺取更大的丰收。很多人只知道摸秋的活动，却少有人知道点火把。然而，我却深深迷恋故乡中秋夜晚的火把。

当农人在一阵呼天抢地般的劳作之后，旷野一片静寂，到处留下丰收的脚印。公路上，田野里，随处可以见到遗失的沉甸甸的稻穗，饱满的大豆，还有那肥硕的山芋，潇潇洒洒地躲藏在大地上，沉浸在一种秋天的幸福里。最令人惬意的是那稻场上，堆满小山式的粮堆，金黄的稻谷，农人把它堆得尖尖的，好似金字塔般。场上三五个人散步着，有的手里叼着香烟，一边踱步，一边望着粮堆，吞吐着十足的烟圈，偶尔冒出几句话语，道的也是秋天的分量，喜悦之情溢于言表。还有好那么几盅的农人啊，他们是最有福气的，端坐在自己的凉床上，对着饭桌，就几碟简单的家常菜，独自酣饮着、咂巴着岁月的滋味。最有情趣的还是我们这些孩子们，中秋节的火把是我们儿时盼望已久的活动了。这秋天的火把现在想来，恐怕不只是秋天的名义了，或许还包含着深深的父辈之爱。

记得中秋节的下午，我们这些乡村的孩子在课堂上早就坐不住了，虽然老师的课讲解得依旧生动、有趣，但是我们的心早就飞回家了，想象着父亲为我们准备好的火把，想象火把的质量、长度，有的人还让父亲为他准备了好几根火把，唯恐不够晚上玩的。而那些没有准备好的，还没有扎火把材料的伙伴，就在

座位上开始苦思冥想,想着上哪里去寻找扎火把的材料呢。扎火把的材料,有的用麻秆,有的用蓖麻,还有的伙伴实在找不到材料,竟然把自家的床上芦苇拆下来几根,置父亲的斥骂和责打于不顾。不过,令人惊喜的是父亲没有斥责,或许他们认为看在秋天的面上,就让孩子们疯狂一下吧。我们就这样扛着火把,顾不上吃饭,在庄子里窜来窜去,焦急地等待着夜晚的来临。

　　天一黑,火把就开始亮起来。就在我们不经意间,再猛地一转身,看看远处的村庄,已然是星星点灯了。一开始,一盏、两盏、三盏……渐渐地火把多起来了,东面、南面、北面、西面都是火光一片,人声嘈杂,喊叫声,脚步声,还有那火把噼里啪啦声,交织在一起,喧闹着中秋的夜空,应和着天上的明月。我们举着火把,时而驻足在田野上,凝视着庄稼,时而举着火把,奔跑在大地的怀里,熊熊燃烧的火把,在我们审视的目光里,感觉到一种莫名物质的燃烧,照亮脚下的田野、我们的脸,还有我们少年的世界。

　　一晃经年,童年的火把以及火把上的秋天留在了心上,一直没有走远。每到中秋之夜,在享受着秋的喜庆之余,心灵深处的火把总会莫名地燃烧起来。也许,曾经的火把它点燃了什么,是金色的丰收、激情的喜悦,还是农人经年的祝福和祈愿?如今,我只知道曾经的火把,温暖着父亲,温暖着小村,让我的一生在温暖中行走。

烙　太　阳

　　烙太阳是苏北农村夏季常见的一种诗意的劳作活动。
老家的童年里,记得每到烈日炎炎的夏天,乡场上总是有着一群又一群人在忙碌着。他们头戴斗笠,光着脊背,对着一个个圆团捶捶打打,乐此不疲。原来他们在美其名曰——烙太阳喱!

生活课

20世纪六七十年代，苏北农村依旧没有摆脱贫穷的面貌，不仅一日三餐艰难，就连烧锅草都很困难。很多人家在农闲之际，拉着板车到方圆十里的地方去割黄草，砍苇根，有的人还扛上锛头去树林里刨树根，想方设法，以解四季燃料问题。纵然这样，每年冬天，柴火依旧紧张。后来有人就从草联想到了牛，因为牛吃草啊，是不是牛的粪也可以用来做燃料呢。此后，那年月里，收集牛粪成了一种农活，闲来无事，起早的农人总是肩背粪箕，走阡陌，逛村口，捡拾牛粪。

等到了夏季，阳光火爆时，家家户户把平时积攒的牛粪运到乡场上，洒上水，脱赤脚和成泥糊状，再撒上麦糠，直到均匀为止。然后，就用手把和好的牛粪揉成一个个泥蛋蛋，排兵布阵似的，在乡场上摆齐。最为有趣的事情就要开始了。有经验的农人拿着棒槌样的东西，底端用蛇皮口袋包成又圆又平的形状，对准那些黄色的牛粪蛋蛋或轻或重地锤打着，又脏又臭的农活，他们干得既有趣又小心翼翼，那副专注的神情让幼小的我久久不能忘却。

在毒日头的烘烤下，牛粪蛋蛋都变成了一块块扁圆的干燥的金太阳，晒干的这些金太阳们，被农人一块块搬运回家，放在厨房或遮风避雨的地方，等待将来的必需。有的人家一直用到当年的除夕夜晚的守岁，想着屋外皑皑的冰冷白雪，而屋内却是金黄太阳放射的暖融融的春意，怎不令人心生惬意呢。如今，那种场面已消失在历史的古井里了，但我想那些金黄的牛粪，金黄的农家小金太阳，不仅是那段艰难岁月的见证，更是无数农人智慧和勤劳的象征，更是他们苦难岁月里坚强的意志和不屈的精神。拥有了它，也就拥有了一家人温暖的生活。不就是农人心底汇聚的阳光吗，润泽生命，延续人生。

# 母亲的端午

乡间的端午,不如城市的文化味浓重。虽然农历的五月初五,对于文化人来说,是一个民族的节气,悼念着一个诗人的骨气与操守。然而对于乡间的母亲来说,在看不见文字的亮光里,用生命去阅读、哺育属于她文字的东西,而我们,就是母亲心中最厚重的文化,祈祷与祝福,健康与幸福,成了乡间母亲最美好的节气歌。

童年的我,无法理解五月的深度,母亲也无法说出五月的韵味。五月,对母亲来说,是个更加忙碌的夏季。麦子在南风的微醺中垂下了头,掩藏着已经成熟的心事。南风过处,金浪翻腾,大地呈给人间的是内心的黄金。那辽阔的样子,不就是小村祖辈心中的图腾吗,四季寒雨冷风,最后守望的就是这艰难的收获。五月的天,是惊慌失措的,偶尔的一阵雨,都将会浇凉农人内心的火焰。

五月,母亲扑在田野里,疯狂地劳作着,把丰收一车车搬运回家。一把镰刀,一根扁担和一双手,完成了一季大地的重托。

天蒙蒙亮,母亲就忙碌起来,把早饭做好,再喂猪喂鸡。趁着从屋里透出来的灯光,母亲又把镰刀磨了磨。那闪亮的锋利,仿佛天上的月亮。不过,这把月亮在母亲的手中,就是一轮朝阳,从手掌心里冉冉升起。

母亲灶前灶后忙碌着,我也起了身,洗漱、吃饭、晨读、上学。我不忍心母亲过度的操劳,要帮帮母亲,她很是生气,庄稼是我们的命根子,而文化是你的命根子。你去摆弄属于你自己的"麦子"吧。母亲如是说。在家中最忙碌最辛苦的时分,唯独我则在凉爽的树荫下,温习功课,眼看着母亲的汗水从身上流淌下来,宛如无数条小溪,钻进我的心里,又从眼里流出来。

生活课

母亲没有等我，就独自吃了简单的早饭下地了。一会儿又折回来。从锅里捞出两个鸡蛋，嘱咐我把它吃掉，今天是端午节呢，母亲说。

太阳火辣辣地照射着乡间。我从学堂放学回来，母亲也从湖里回来了，浑身湿透，她顾不得抹去脸上的汗水，匆匆做饭。趁着做饭的空隙，母亲拿着镰刀到菜园里走了一遭，回来手中多了一把鲜嫩的艾草和菖蒲。据说，这艾草和菖蒲还有蒜，称之为端午三友，在江淮一带，端午期间，家家户户均有插艾草和菖蒲的习俗，正午之前，把它们插在门楣的两边，或者茅草屋檐上，仿佛两个门神守护着农家的日子。我以为这民间的习俗，是一种蒙昧的表达节日的方式，特别是对母亲来说，我认为是简单生活的复制，不屑一顾。母亲说，"五月五，是端阳，门插艾，香满堂……"，这艾草和菖蒲是我在菜园和沟畔精心保留的呢。有些节气可以马虎，可端午不能啊，这些草可以用来辟邪去病的。

我诧异，不信。长大后我再翻阅资料，原来，确如母亲所言，菖蒲和艾草，在盛夏时节散发出特有的气体，可以除去异味，插在门楣上，代表着招引百福，预示着身体健康。而菖蒲为五端之首，叶片似剑形，又称蒲剑，象征着除却不祥的宝剑，插于门楣，代表辟邪驱魔。故有对联"手执艾旗招百福，门悬蒲剑斩千邪"。没想到，母亲把乡间的节日看得如此庄重。或许这不是迷信，而是母亲对儿女的一种祈祷与祝愿吧。

让我记忆犹新的是，母亲又忙里抽闲，从乡间采来各种草，很多植物我都叫不上来名字，洗净后放在锅里，添水烧开，然后给我洗了个澡。母亲说，端午洗澡，可以洗去一身的脏气。我清楚记得那年5岁，洗完澡后，母亲又给我拴了个五彩绳，绳子的末端还编织着个蒜头，挂在我的脖子上，系绳时候，母亲禁止我说话，并告诫我不可折断它，只能在下一次洗澡或者雨天，扔进河里。

端午又至。童年的端午已渐行渐远，只剩下粽子在嘴角留香。我却倍感想念乡间母亲的端午，那是一种温暖一种大爱，蕴藏着母亲一生的祈祷与祝愿。"端午吃麦子，字眼学得快，端午吃大蒜，读书做大官……"这是母亲留给我的最美妙的民谣，永远萦绕在心头。

贴 春 联

年关将近,父亲的举动却着实让我大吃一惊。年迈的父亲竟然学着写起春联来。

父亲一生为农,手中的笔就是那犁铧与荷锄,大地是他最好的稿纸,而每一个颗粒饱满的日子啊,就是父亲最金黄的文字了。

看着父亲涂抹的春联,东倒西歪的,然而父亲却写得津津有味,瞧着他专注的样子,令人撼动。念二年级时父亲就叫我学写春联,那时我们村里识字的人很少,唯一识点墨水的是村里的一位老学究。父亲说,他那时特别羡慕有文化的人,最大的愿望就是希望他的儿子也能写春联。因为村里新年到,那老学究家的门前总是排着长长的队伍,赚尽了风光。火红的春联在白银的雪地里,勾起小村火红的日月。

父亲坐在我的书房里,看着陌生的因特网,悠悠道,他很怀念乡村的年味啊!父亲是我们家最后一位来城的,虽然三请四邀来城里一起住,可是父亲一直眷恋着他的黄土地。

的确,童年的乡村,就是一幅古朴和诗意的喜庆图,充满着乡村的质朴和人文的情愫。

你瞧,那庭院里一株株燃烧的红梅,是点燃乡村早春的鞭炮,昭示着岁月的丰收;盛装的姑娘、小伙子是新年的眉眼,挑逗着燃烧的恋情;而火红火红的春联,是新年最具吉祥的祝福,在甜蜜的日子里红光满面,还有那沾满民谣的桃符,都化作了乡村古老丰年的音符。

朴实憨厚的父辈们,从旷野里走来,褪去衣服上的泥土,走进了花灯龙戏的

锦簇中,以充满野性的舞姿笨拙地表达生命的雄姿。还有那被校园放逐的童心啊,飘荡在村庄里,带着稚气和天真,询问龙的传说、羊的童话,明净的脸上挂着小村最初的春色。正月里,乡间的禾场上,变成了最好的舞台,一幕幕感人泪下的故事,在生旦净末丑中把乡村的悲欢离合上演个淋漓尽致,泼皮流水。

父亲说,乡下人是过年,城里人是买年啊。我疑惑不解,父亲说,你看现在什么对联、猪肉等,超市里应有尽有,想想我们温暖的乡下,最醉人的要数腊月的夜晚,二十四祭灶,二十八赶灰尘,家家户户喜气盈门,在月亮地里流淌。灶膛里燃着一家人一年的红火,蒸年糕、打豆腐、酿米酒、炒蚕豆,浓浓的香味把村里熏染得喷香。母亲则端坐于床头前,和姐姐一起剪窗花,制灯谜,贴年画,迎接着新年的到来。

我沉浸在父亲诗意的回想里:古老的庄园装扮成了人间仙境,门旁木楔上的一串长长的红辣椒,像一盏盏高挂的红灯笼,照亮着乡村的年月,还有一冬天的心事。

父亲问我,你还记得你小时写春联的模样吗?怎不记得,那时父亲对我寄予着多么重的期望啊!我刚识字不久,习大字成了我的必修课。我知道,那是父亲想让我尽早明白扛起家庭门楣的希冀。

我和父亲都是土生土长的,对着乡村有着深厚的情感。特别是曾经那亲切的乡俗,甘醇的乡情,醇厚的乡音,还有一起在黄土地上日出而作、日落而息的背影,在现代生活的时光里,都是我和父亲的一条条丝绸般的腰带,让我在浮躁的城市里,始终回味着过去的生活,反刍着生命的滋味。

春节来临,不管人家需不需要,父亲把他那精心写好的春联给小区住户挨家送去,送上一个真正安乐祥和的年……

糖糕里的爱

这是一对普普通通的老年夫妻，已近耄耋之年，男的一条腿有点跛，女的下身瘫痪。他终日骑着一辆三轮车，车上除了做糖糕所需的必用品外，还有他的老伴，在小城热闹的步行街一角，打点最后的时光。他们俩有说有笑，男的把面团揉好，放进油锅里，那女的就端坐在高高的木椅上，手拿着长长的竹筷，不停地把已经炸好的糖糕放进笆箩里，一副怡然自得、自我陶醉的境界，让每一位路过这儿的行人都好生羡慕，又感慨万千。

这对老夫妻在这条街上很有历史了，反正在这儿做生意的老少爷们都晓得，小的、大的、老的都吃过他们的糖糕，而且人们也都喜欢买他们的糖糕，或许是这同病相怜，或相敬如宾、谈笑风生、超然物外的情景深深地叩击着小街人。

终于，不知从哪一天开始，糖糕小摊上发生了不愉快的场景，男的已不再进行忙碌的和面、炸糕，换而代之的是那瘫痪的女的，由于女的手生还没能把糖糕炸好，小街附近的人不时听到男的斥责女的声音，而且态度越来越坏，越来越暴躁，稍有不如男的意，男的就把长长的竹筷狠狠地摔向女的，小街的人发现女的一边流泪，一边炸着糖糕，并不断地按着男人的吩咐去做，细心的人还会发现男人的双眼也充满了泪水。

小街人不知道到底发生了什么。这可是破天荒的头一遭，同以前的情况判若两人。人们眼睁睁地看着事情继续发展下去，眼看着女人无声的泪水流淌，只能报以同情的泪水，在心底诅咒那个粗暴的男人。小街人也不是没有人去劝阻的，结果是男的脾气一天比一天大，而女的呢，也跟着男的一起责怪，好心却得不到好报。

生活课

后来，这个糖糕小摊有好长一段时间没有来了，让小街的人失落了许多，空荡荡的。小街人都猜测，年纪大了，也该歇歇了。就在小街人开始失望的时候，某个清晨，那辆熟悉的三轮车吱吱呀呀地摇晃而来，小街人一阵惊喜，又可以吃到甜美的糖糕了。令人遗憾的是，三轮车，变成了手摇式的，只剩下那个女主人了。

人们纷纷地涌上前去，问个究竟。

原来，男人在一次偶然检查中，发现自己已经是胃癌晚期了，属于他的时间不多了。可是女的什么也不会，男人就决心在最后的时刻，教会女人炸糖糕的本领，以便她继续生活下去。

那女人说完时，已经泣不成声，围者也唏嘘不已，眼睛里潮潮的。

纳 凉 随 笔

读到清朝诗人吴嘉纪一句"走出门前炎热里，偷闲一刻是乘凉"时，端坐在空调书房里，审视着屋外燃烧的阳光，顿时涌上一番感慨，久久不能释怀。诗句所云，道出了穷人之纳凉，仅是奢侈那短暂的空闲，忙碌贯穿着生命的始终，哪里是纳凉，分明是一片人生无奈的凄凉！

我生于乡间长于泥土，对乡间耕农之事甚有感慨。乡村夏日，一把古老破旧的芭蕉扇或走街串巷的棒冰，是夏日里农人最惬意的享受。他们占据片刻的休闲，搬一张朴素的竹床，于浓浓的树荫下，手摇芭蕉扇，不疾不缓地摇摆着，此刻，手里拿着用酒瓶或塑料制品换来的棒冰，品咂生活的滋味，也是一种快意的人生。然更多的是水之纳凉。从盛夏茂盛的阳光里走来，一盆井水，是最好的"空调"。而对于乡村牛童来说，清澈的河水则是诗意的纳凉了。纳凉，庄稼的父亲总有独到的体会。六月天里,知了嘶鸣,四野冒火,热得鸡犬不宁。唯父亲安然,扛上锄头,走进毒日头里,"溪水"从面颊上流淌下来,浑然不知,荷锄依旧。问之,父亲淡淡说,对庄稼人来说,什么是凉快?田上无草,锅里有粮,便是最好的纳凉了,有夏忙才会有冬闲啊!

忙碌中纳凉,对父亲来说,是最充实最幸福的境界了。土里刨食的人,粮食就是他们一生的阴凉。

而城市的纳凉则是另一番景象了。蛙居斗室,享受空调和电扇的纳凉者有之,更多的人则走出户外,在都市霓虹灯的映照下,穿上休闲装,河滨、公园、大桥畔,还有超市里,到处有他们的身影。闹中取凉,也许是另一种境界吧。年轻之人,随着古老的诗句"月上柳梢头,人约黄昏后",走进爱情的纳凉,年老的人则利用城市有限的休闲广场,从家里带来音响,放上舞曲翩翩起舞起来,演绎一曲黄昏的纳凉人生,成为城市夏夜一道独特的景观。

查阅古书,惊觉纳凉古人使然,而且盛也,其雅俗共赏、休闲惬意令人敬佩。"赤体山边夜纳凉,衣来天地学嵇康。裸裎袒露浑忘事,卧看流星过裤裆。"好一首通俗的《山野纳凉》诗,敞开心扉,呈于天地,其情昭昭。文人纳凉,更多的是充满典雅之句,亦如"撑一把油纸伞,徘徊在寂寞的雨巷"的诗行。不同的诗人有不同的纳凉方式,"六月山深处,轻风冷袭衣。遥知城市里,扑面火花飞"。元代释英在城市烈日当空之际,选择的是深山消暑纳凉。"傍水迁书榻,开襟纳夜凉",这是唐代诗人韦庄的水边纳凉……性情不同,纳凉异然,陆游喜好桥头纳凉,梅尧臣执着于古木参天、禅房清幽、人迹罕至之处纳凉;王维则居于馆而尽享受竹林之清凉。诗人纳凉,逃脱不掉一个"雅"字,总是和清幽的自然分不开的,和山、水、竹、林相依相靠,也许这些景致与诗人的志向有关乎?

心静自然凉。清则心静,静则生凉。诸多纳凉,竟是自然中寻求肉体一时之快意,躲避尘世之拐杖,完成自己内心的城堡而已。而以高尚的贞操和卓越的才气闻名于世的宋代诗人王令在《屠旱苦热》中写道:"清风无力屠得热,落日着翅飞上天。人固已惧江海竭,天岂不惜河汉干。昆仑之高有积雪,何忍身去游其间。"

生活课

一首小小的纳凉之诗,竟折射出天下苍生的冷暖炎凉,使人不甚惶恐也。

情 流 感

禽流感时期,父亲从遥远的老家带来两只草鸡。

母亲知道我爱人爱吃鸡,她的孙子也爱吃鸡。逢年过节,她总是老早就把鸡啊鸭的宰杀好,撒上盐巴,腌起来,单等我们一家老小回老家过节。有时,一只鸡要放好长时间,因为工作繁忙,隔着几百里路,我们难得回老家一趟。

我记得每年八月中秋节回家,母亲都会特地为了我爱人和她的孙子杀几只鸡。母亲爱养鸡,可是不喜欢杀鸡。那一身难闻的怪味,令她直呕吐。母亲每次要杀鸡,总是摆一只木脚盆在屋外,把鸡抹了脖子后,扔在盆里,然后把头、鼻子等用毛巾扎得紧紧的,只露出眼睛来。母亲皱着眉头,把滚烫的开水倾倒在鸡身上,边浇开水,边捋鸡毛。纵然这样,鸡烫完了,母亲总要呕吐上一阵子。等到孙子在桌子上大叫,奶奶,鸡肉真好吃啊!这时,母亲的脸上就会露出灿烂的笑容来。

当父亲风尘仆仆地赶来,站在我家的客厅里从身上卸下大包小包时,四季的粮食从肩膀上滚落了下来,什么绿豆、红豆、花生、黄豆等应有尽有。末了,父亲从蛇皮口袋里掏出两只已经整理干净的鸡,一脸兴奋地说,你娘特地要他还带了两只鸡来,知道你们喜欢吃,一直没有舍得卖呢。

爱人一愣,望了我一眼,欲言又止。趁着父亲不注意,连包装袋一起赶忙拿到了楼下的储藏室里了。此时,禽流感闹得特别凶,据报纸报道,离我们不远的某县发生了3例禽流感病患者。现在,菜市上的鸡已经很少人去问津了。父亲歇了一会儿,又对我爱人说,把鸡肉拿出来透透气啊。我爱人答了声知道了。儿子

在一旁直叫道,今天有喷香的鸡肉吃了。

开饭了。桌子上没有儿子想要的鸡肉,大哭起来。爱人狠狠地教育了儿子。一旁的父亲看到了,责怪我爱人,也是,孩子喜欢吃就给他吃嘛。爱人小声说我忘了。爱人把儿子喊到了身边,说,我们明天再吃好吗。儿子也懂事地点点头。

第二天,父亲起早赶车回去了。临走时还一再叮嘱我爱人要煮鸡给他孙子吃,还说,这鸡有什么好的,啥时来再多带几只,让我们尝个够。

父亲走后,那两只鸡被爱人吊在储藏室里,一直没有吃。

后来,有天父亲又打来电话,对我说,那鸡吃了吗?是怕禽流感吧?啊,爸爸,您也知道禽流感啊?父亲说,电视上不是天天在说嘛。父亲说,其实,我们比你怕禽流感啊,那两只芦花鸡,还是下蛋的鸡。老早就杀了。你想,哺育孩子的母鸡,哪里会有禽流感啊!

草木父亲

当我在键盘上敲下草木二字时,眼前立马浮现出在乡土的旷野上,父亲如一棵黄昏里的庄稼,在冬日里欣赏人生夕阳的风景。此时,内心一片黯然和涌上来的感慨!

父亲,地地道道的泥腿子,一生与泥土打交道,那种典型的中国农民,大字不识一个,但那种田野里带出来的憨厚和质朴就像长势喜人的庄稼样蓬勃着,支持着父亲人生的行走。而我,正宗的农民的儿子,吃的庄稼粮,穿的麻布衣,整个人就是乡村到处都是的一个泥蛋蛋,在庄稼和父亲的血汗里泡大的。

生活课

每次回到乡村的老家，看着依旧泥头泥脑的父亲，布满沧桑的脸，枯瘦的身子，一瞬间，在我眼前展现的不是那曾经高大的父亲形象，他，只不过像旷野中任何一棵庄稼一样，在季节的轮回里，把握着自己生命的四季啊。庄稼的春夏秋冬何尝不是父亲的履历啊，他也有枝繁叶茂的时刻，也有水瘦山寒的关口啊！

那年冬季，父亲突然病倒了。虽然父亲已是年近六十的人了，可在我心里，父亲一直是那样高大和坚强，他一直是我家的精神支柱和依靠，一棵参天耸立的大树，永远葱茏。我们想到的多是如何得到父亲的宠爱和帮助，却从没有想到父亲的需要和苍老。父亲病得很重，别说走路了，就连大小便都很困难。父亲像一支干枯的稻草，在摘去沉甸甸的稻穗后，憔悴地躺着。家中仅我和母亲两人，两个姐姐都已出嫁了。这样一来，照顾父亲的重担我自然而然地承担下来。原本我以为仅仅是给父亲喂饭、掖掖被子而已，相信父亲很快就会好起来的。没想到，父亲一病就是一个多月。严重的痢疾使得父亲浑身一点力气都没有，整天都是打点滴，一天都滴上三四瓶。母亲忧虑着，整日祈祷。

有天夜里，我被父亲揪心的咳嗽惊醒了，不停地辗转反侧。我轻声问父亲，有事吗？父亲有点不好意思，仿佛又在思考什么，脸色有点通红。一旁的母亲看明白了，说他想叫你抱他去卫生间。我一愣，在我的记忆中，父亲一直是我的怀抱和港湾，风雨都是我向往的巢。我生平第一次抱着父亲，我生平第一次颤颤抖抖地抱起父亲，我生平第一次抱起骨瘦如柴的父亲啊，我原以为父亲在我心里是巍然的山，没想到他竟然如一棵移动的庄稼。我把父亲慢慢地扶坐起来，穿好衣服，然后从他的背后伸出手来，一手抱腰，一手拢腿，轻松而沉重地抱着父亲去了卫生间。父亲像孩子一样，顺从地接受我的安排，努力地配合每一个动作，目光温和地打量着我。那一刻父亲的目光我至今才读懂了。我知道，那是父亲第一次感受到反哺的深情，我也读懂了日落西山的父亲的光景，更明白曾经父亲是我们的大树，如今，我们该是父亲的拐杖了。他的春天他的秋天是我们幸福的时光，同样他飘满白雪的冬天啊，需要我们用心的温暖去融化。

父亲的病好以后，我多次要求他来城里和我们一起过。他不肯，生就黄土地，怎能离开得了？在那钢筋水泥的森林里，心慌得难受，哪如咱农村，到处是泥疙瘩？父亲说，他一回到老家，浑身就活泼轻松起来，充满无穷的活力。

此刻，父亲依旧活跃在乡村的麦田间，肩扛月锄，日出而作，日落而息，侍弄着一生钟爱的庄稼，享受着他那惬意的草木岁月。

空　　村

一

很多熟稔的词语平素熟视无睹，比如憔悴、苍老、颓废等。在没有经历与体察的境地里，也许只是一些缺少生命气息的个体，纵然我们在文字的背后给予间接的体验。久别故乡，再踏上故土，瞬间，一个活着的词语：疯长，迅速地从立体的时间、空气里漫卷过来，似漫天满地的帷幔把人缠绕包裹着，让你呼吸不得。

这个钢筋水泥日益包裹的光阴里，我已不认识故乡的脸庞了。隔着都市的方格间，深邃在心室里的依旧是离开故乡的最初模样：绿树成荫、炊烟袅袅、六畜兴旺、安居乐业。宁静祥和的村落里，鸡鸣狗跳，笑语喧哗，那些质朴的农人扛着沉重或者轻盈的农具在乡野或乡场上劳作，贴着大地，过着安稳而单调的日子。岁月流年，一代又一代人就是这样熬着日头，耗着生命，繁衍着，生息着，直到走完属于自己的生命旅程。

那时我家就坐落在村子的中央。这是父亲曾经以为最高明的思想。经历过兵荒马乱的父亲总以为家安在中央，有一种天生的安全感。他认为盗贼与土匪是不敢在月黑风高的夜晚摸进村子的中央。年幼的父亲曾饱尝漂泊、颠沛、担惊受怕。所以父亲就用他农民式的哲学呵护着亲人。而居于村子两头，总是时刻

生活课

觉得有某种危险随时入侵的紧张。

旧时我就常听到小偷小摸的事，遭殃的确如父亲所料，多数亦是靠近路口村口的人家。诸如什么家中的粮食、圈里的鸡鸭、梁上的肉或者菜蔬等，甚至自行车、猪、农具锹锨等。记忆里村口李大爷家的牛，半夜竟然被贼人牵跑了。天明家人居然才发现，全家人顿时喑哑，如丧考妣，失魂落魄。牛是农人的守护神，护着一年四季的庄稼。牛从来都是被当作家中特殊的人口，人与牛的命运总是息息相关的。失去了牛，家中似乎就失去了顶梁柱了，这地、这生活如何继续下去？

颇为传奇的是，翌日，那牛竟然自行挣断鼻栓，经过一夜的奔跑，又回到了李家。身上伤痕累累，鼻子处血迹斑斑，这景象肯定昭示着牛一番不可想象的遭遇。这让李大爷一家人又惊又喜，热泪盈眶，禁不住上前与牛拥抱着，头对头地贴紧，双手抚摸着，呵护着，一步也不肯离开。李大爷还把家中留作下种的黄豆泡好给牛当午餐。

但我家从来没有丢失过东西或遭到偷盗。父亲为此很得意自己当初的抉择。

这一次，一个靠近深秋的时节，在薄暮时分，我走进了故乡，走进了村子中央。没想到，矗立在眼前的却是枯瘦的、高挑的蔓草。疯长半人高的杂草，胡乱地把村庄、房子还有人烟包围着，猛然间感到我被遗弃在苍凉寂静的荒原之上。

我第一次真切地感受了野草的力量，第一次触摸到了一个带有历史与现实的活着的词语：疯长，或是长疯了。从字典与课本上跳跃下来的疯狂，沿着大风起兮，迎着岁月侵蚀的空间，以几何的倍数在村庄落地生根，高过地面、高过石块、高过稻草垛、高过树苗、屋顶甚至那上方的烟囱。疯长，弥漫在村落里，进而把整个村庄包围了。彼时的村庄，就是疯长襁褓里的婴儿。

从破落、陈旧的三轮车上下来，我把5元钱递给三轮车夫。满身灰尘掩埋着沧桑，黝黑的面庞烙印着对抗岁月的坚韧与刚毅。艰难的生存瞬间从心底溢上来，我唯有叹息。他们在这脚下的土地上，僵硬地用沉重的肉身对抗日子的负荷，应付着生存的使命。

空隙间我们还闲聊了下，生意还不错吧？一天二三十元吧。比种地强多了。他说，如今村子早已空了，年轻人几乎全去远方打工了。离开与回家的人越来越多，生意也就越发地好，起码够生活的了。一脸的满足。他一只脚搭在车上，一只脚站在地上，烟火明明灭灭，似乎也在喘口气。颠簸的路也把他颠簸得够呛。现代的生活，让农村也过上了城市的日子。在闭塞的村落里，一辆半现代的三轮车奔波在乡路上，成为村庄另一种新鲜的血液。

我拎着大包小包，朝村口走去。迈开步子的那一刻，就是这个疯长一词，以光的速度冒出我的头脑、身体、脚下，立刻把我击倒了，碎成一地的忧伤。

二

这次回家，我碰到第一个人是住在路边的、本家的六奶。离开家时满面红光、精神抖擞、依旧意气风发，活跃在田间地头，再见时已满头风雪、老态龙钟了。她一个人蹲在草垛旁，凑着不太炽热的秋阳，寂寞与颓废地蹲着，头发凌乱得很；眼神空洞与无奈，对着马路，似望非望。空，是此时最准确的概括。家门没上锁，空洞洞的，透出黑的空，空的黑。我猜想那屋子的深处，定是放满了那些即将上场的农具。一大家人，十几口，只剩下老两口在家了。

一缕悲凉的情绪从我额前掠过。我把头转过去。

右边是荷塘。坍塌与稀疏，是荷塘真实的写照。原本笔挺的堰埂，已似那最后光景的老牛卧在水边，等待的是走向终结。昏黄的泥土上长着无数不知道姓名的野草，在晚风里摇啊摇。塘水浑浊。死水，静止在时间的睡眠上，偶有几片荷叶，东倒西歪着，倔强的姿势似乎还在挽留着什么？但叶子已经开始在从边缘枯萎了，逐渐走向中心。撤退至最后的谢幕，终究苍凉一片。如果说有生气的话，那就是溪水边那棵柳树，蜡黄着脸，拖着长长的尾巴，拂在水面上，无力地摇摆，只是那驼起的腰背不再凸显青春风华。一任岁月从叶绿叶黄间静静流逝。

越发空寂的乡村，还有谁会掀起喧闹的生气？村口四望，遍布眼帘，最赫然

生活课

入目的唯有葳蕤的荒草。高高矮矮的荒草，这儿一丛那儿一簇的荒草，在寂寥的时间里，在昏黄的夕光里，不识滋味地疯长。从乡野一直长到村口，甚至到猪圈旁，到鸡圈旁，到屋檐下……杂乱无章且又参差不齐，面黄肌瘦却也到处呈现晚秋生命的绿意，这是一场属于光阴战争的惨景，原本坚固执着的屋檐、墙壁，都在时间的重压下，低下头，醉汉般，隐匿在草垛或者墙根下，发出梦幻的呓语，一任草长莺飞。

我注视着路边的乡土树、猪圈和低矮的房屋，身上的疲惫也滚落一地。也许故乡的一草一木，与我一样，都在生命的夹缝里挣扎、奋斗。在都市的灯红酒绿压迫下的乡村，光景惨淡，揉碎成极其瘦弱的一阕宋词，浅酌轻吟成属于村庄最后的挽歌。

拎着沉重的东西，手累麻了。我停下来，顺便掸了掸衣物上沾染的灰尘。这是我一贯的矜持。每临回故乡，妻子总是要千叮咛万嘱咐，要衣着光鲜地回家。儿女的仪表就是父辈们的面子。父亲也曾悄声说过，日子宽裕了，不要太节省，也给自己买几件像样的行头，我和你妈哪里需要那么多的钱啊……我明白父亲也嫌我太土气了。质朴的外表里，父亲何尝不知道远方他的儿子内心道路的坎坷，儿子又何尝不了解做父亲的细腻心思。

城市的喧嚣、繁华，浮在夜晚表面的流光溢彩，在浮华下，谁看见深处的浮躁与尘埃？繁华落尽见真淳。生于尘土，终究会回到泥土中。灯红酒绿、荣华富贵，也不过过眼烟云。我喜欢保持着农民的本色，喜欢农民们那脚踩大地头顶烈日的实在与劳作。天地间，唯有那一柄舞动的锄头才是最实在的人生啊！

尘埃是我们的归宿，我们终极也将以尘埃的面孔浮于地面。但是，在大地的尘埃、身体的尘埃之外，我们看见那隐藏在时间里的尘埃，村庄里的尘埃，在村庄的深处加速村庄的消亡。残垣、断壁、断桥、废墟，柳树、桑树、楝树等斜拉着身子作醉酒的道士卧在路旁，草垛、鸡圈、猪圈已瘦成矮矮的小土包，缄默着，似乎恪守着时间与村庄的隐喻，而门前的碎石小径似乎在泥土的亲密里隐遁了，只有明灭的青石在闪烁着光阴的烙印。村庄里，连猫、狗、鸡也稀少了，寂寥又深邃了许多。

遽然,父亲从墙角处闪了出来。

三

父亲早已在村口恭候多时了。

恭候。这是年迈父亲的姿态,使我内心感到伤害与巨大的惶恐。儿子哪里需要父亲的谦卑与仰视?一个在陌生都市里摸爬滚打的为人子,从事近乎贴着地面行走的一族,面对的是无数充满童心的世界。清澈、澄净、湛蓝。如果说还有什么值得幸福的话,就是空暇里在稿纸上涂抹着一些文字,写些乡土或者亲情的小文来,把内心的亲人、村庄和大地上发生的事情说给世界听、看或想。仅此而已。

父亲不这样认为。在泥土里匍匐挣扎的父亲,一生把自己栽在乡野的父亲,就是一株永远也离不开土地的苦苦丁,婆娑着生命的绿叶,养育着一家人。我常想父亲的日子恰似那深秋的蝉,饱饮的是枯叶上的露水,在烈日下奏响属于自己命运的弓弦。他不识字,吃尽了文化的苦,那苦压垮了身子,却没有压弯他的脊梁。伴着泥水、汗水、血水,父亲(当然还有母亲),把儿女们养大。

我哪里有什么资格在父亲面前神奇活现,如果说我走得远点,或能写几个字,那是因为站在父亲肩膀上的缘故,是父亲的那些农具、炊烟、鸡鸣狗叫、农谚以及他憨厚的为人教会我识字、做人;在零落的日子里写着对村庄、乡野和亲人的悲悯情怀。

父亲走近我身旁,一脸充满爱怜与疼爱的笑。他倔强地把我手中大大小小的包裹夺了过去,一把扛在自己弯下去的肩上。霎时伤感从额前滑落,沿着脸庞、胸口、腿部以及脚板,砸在泥土上,似乎有碎裂的声响。枯瘦干枣树般的父亲,已经沉浸在昔日的荣光里。几百斤的粮包,父亲曾担到邻省的一集镇上,一去七八十里。这就是父亲常挂在嘴边的赫赫战功啊!

我读懂了父亲的爱,以及内心深处深藏的虚弱。父亲此时已经七十多岁了,身体还算硬朗,虽然曾做过几次大手术。伤痕累累的父亲依旧是满心欢喜的。他的儿子至少能做到赡养他，吃喝不愁。这在父亲看来，这是他最高的奢望和追求了。在我们看来，却是最原始的为人子的孝道了。比起他的其他几个弟兄来，父亲洋溢着一身幸福。父亲闲时总喜欢从村西口溜达到村东口，从村东口溜达到村西口，一遍遍一趟趟地来回，嘴里衔着儿子带回来的昂贵香烟，精神抖擞着。烟抽完了，还会从布口袋里掏出几块冰糖，继续在嘴里呱巴着，头昂得很高。

父亲爱炫耀。总喜欢对路人道，看，这都是他儿子、媳妇给的，孝顺着呢！村里的老人们闲来无事总喜欢评头论足。父亲说，咱村最孝顺的就数你和村口的淮海了。淮海是我的远房兄弟。我哪里尽到儿子的责任了，仅是逢年过节，载着大包小包，匆匆回家一趟。要是双亲愿意的话还会带到城市里过上一段时间。当然，不管去不去城里，那间属于他们的房间一直在空着。父亲、母亲不肯来，说过不惯城里的日子。内疚与惭愧的是，那年父亲做腹腔镜手术，我一连在父亲的身边服侍了一个礼拜。从上厕所到喂饭，从屋内到室外。当父亲趴在我肩头的时候，我感受到了父亲的颤动。我没有回过头去，我猜测那一刻父亲一定流泪了。一个坚强的男人，一个在父亲早逝、用自己的劳作养活母亲，还有另外几个兄弟姐妹的乡村男人，一个一生都在为他人遮风避雨的男人，我敬重他，但我竭力不去看他那因享受幸福与喜悦而流的泪水，那是属于男人心底深处的无限柔情。我稳稳地把父亲驮着，向洗手间走去。我看到老来的父亲同样需要一棵树的支撑，所以我必须挺直腰杆，我要让父亲看到儿子的强壮与力量，会是他一生最忠实与温暖的依靠。

村庄静寂里，弯曲的碎石子路，坑坑洼洼里，只有父亲和我的脚步声，敲打在村庄的深处。父亲佝偻着腰，背上是沉重的包裹，面前是轻盈的喜悦。我拿着父亲交代购买的高级香烟，逢人散烟。父亲常嘱咐我，回家要带着香烟，不要忘本啊！老家的人可不能忘记啊，不管外出打工还是做官，大与小，这都是我们的家啊。人，不能忘祖……

我就一手拿着烟，一手拿着敞开的烟盒，行走在村里……

四

  我和父亲并肩走在颠簸的村路上。随着或浓或淡的树影，父亲给我细腻地唠叨着。走过一位户人家，父亲解说着，这家劳力外出打工了，空荡荡的几间破瓦房只剩下一位老人在守护着。老孤苦啊。走过另一户人家，依旧是七八十年代的草房子，父亲无限伤感地说，唉，有什么用呢？一大家子，7口人，4个姐妹为了弟弟上大学，都外出挣钱了。没有想到，如今那弟弟远走高飞，父母、姐妹都抛弃了……父亲泪眼婆娑。说得我也哽咽。农家子弟的高飞，哪个不是依靠一个家庭甚至几个家庭的牺牲为代价？我亦如此。那年中考，我竟然出奇地考取一所中专，全家却陷入了巨大的欢喜与忧伤之中。目不识丁的父亲，与土地斤斤计较才支撑起炊烟的母亲，如何支付我的学费？虽区区400元的学费，况且公家每月还有60元的生活补贴。但对父亲来说，也是一笔庞大的天文数字！在苍老的父母亲面前，我隐藏起了更深的沉默。土里刨食的人啊，最大的满足仅是把肚皮填饱，那已是活在土地上的农人最高的梦想了。

  我中专毕业参加工作后，逢年过节，大包小包，超市丰盛的营养品堆满了母亲床头那矮矮的箱箱柜柜。有时父亲或者母亲舍不得轻易消化掉这幸福的日子，致使许多食品过期了。父亲扼腕叹息：就是过去地主家也赶不上这生活水平啊！

  考上学校的那年，二姐远赴南方城市做了一名打工妹。大字不识几个的二姐做了打工妹，两眼雪黑的二姐做了离家几千里的打工妹啊！二姐没上过学。贫穷的家庭字典上，布满女子没有识字的日子。倔强的二姐，18岁的二姐啊，只上过十来天免费的扫盲班。一声汽笛，把她抛弃在闪烁着五颜六色的都市陷阱与血汗挣扎的旋涡里。二姐走那天，我没有起床。日头也没有起床。绵绵的早春二月的细雨在村口为二姐送行。我蜷缩在被窝里，蜷缩在贫穷带来的撕裂的悲伤里。母亲在厨房里抹眼泪，父亲在门槛上抽着烟丝。

  我对父亲说，我爷（苏北喊爸称作爷），你抽支烟歇歇吧。父亲喘息下说，没事，接过烟继续走。走过二抗家时，衰败的景象让人支离破碎。原本这儿是热闹的戏台，人丁兴旺，一家十几口人。如今走的走，散的散，去的去，那正屋，四处裂缝，透亮的光线照进来，把黑暗的房子增添几分莫名的苍凉。地面坑坑洼洼，梁上、墙上、屋檐下，泥块大块大块往下掉，仿佛时间的钟摆、沙漏，细数着日子的痕迹。失去人烟的房子成为乡村的动物园，最先光顾的是老鼠、角角落落打洞，肆意地在房间里窜来窜去；然后是归来的燕子，从低矮的门楣里飞进来，叽叽喳喳地喧嚣着，不久，温暖舒适的巢建好了。紧接着燕子的排泄物沿着木梁淅淅沥沥，从地上到梁上，涂满了燕子归来的自由。如果我们再仔细地审视脚下，你会发现身边一簇簇蚂蚁正来回奔波呢。

二抗是我远房的叔叔。就在要走上结婚的红地毯时，一场大病夺去了他的生命，一地喧哗转眼化作寂寞。悲哉？痛哉？惜哉？哀哉？最让人心碎的是，曾经红极一时、红墙黑瓦的建筑，渐渐消失在时间的尘埃里。门前，无人烟的空地上，疯长着无数不知名的野草、灌木还有死去、未死去的或者将要死去以及将要生长出来的草本、木本植物，挤满了一直延伸到门口。颓废的房子更加颓废了。低洼的门前，只有青苔旺盛着，沿着小水沟一路蜿蜒开去。

这凄凉的晚景！

父亲说得最多的，就是乡里乡亲的离去。他说这个月里，村西口的四奶走了，老孤苦的，连个送老的人都没有；村南头的五爹摔跤断了腰，儿女不孝，谁也不肯服侍，不久后也忧郁悲愤地走了；还有后庄的三爹，一早醒来人也没有了……人生无常，人活着真的没有多大的意思啊！父亲异常伤感。他说的这些人都和父亲差不多年纪。

我无法回应父亲的话。人生来就是奔往死的终点。人生就是一场活着的悲剧。无论唱着哭，还是哭着唱，我们都要欢颜，这是生命的终极意义。在人类的生命链上，我们唯有锻造好属于自己的那一段。

父亲看出我一阵黯然，又安慰我，儿子，你和两个姐姐都很孝顺，父亲和母亲已经很知足了。我接过父亲的话，您身体硬朗得很，使劲地活，让儿子好好地孝敬您哪！

五

　　城镇高了，村庄矮了。越来越高的楼群挤压着村庄，越来越瘦的村庄已溃不成军，大片大片的房屋逐渐坍塌了。曾经的土坯房、茅草房甚至砖瓦房在时间的战场上渐渐失守了，苍老、衰老下去，似那最后的灰色残阳，苦苦挽留在山后面。当然，随着村庄逐渐稀疏的还有鸡鸭鹅、牛马羊，还有袅袅上升的炊烟、喧闹的村庄人语，甚至包括载着童年的竹林、溪水，一切都随着弯曲的阡陌侵入村庄，吞噬村庄，以漫天的野草、灌木逐渐覆盖村庄，覆盖村庄里生活的老人们。

　　再假以时日，我对于村庄来说，只是从年轻到衰老，而村庄对于我来说，再来的还会是村庄吗？村口依旧？荷塘依旧？老屋依旧？迎接我的或许是高高低低的土堆上，疯长着参差不齐的荒草、灌木丛的荒野，抑或城镇的一角。村庄哪去了？那些孤寂的老人们哪去了？父亲呢？母亲呢？所以，站立在眼前的村庄，是最后的村庄——空村，它不能再空了。再空下去的村庄，就不是村庄了。是风？是蒿草？还是灌木丛？还是旷野？

　　也许，没有村庄的大地上，依旧会布满村庄的影子。

　　天未明，白发母亲从木床上起身，从鸡窝里摸出两个鸡蛋，亦如十几年前我去外地求学般，就着昏黄的灯光，煎了两个荷包蛋给我路上带着。我泪眼婆娑，不敢再次凝视着逐渐矮下去、老下去的老母亲……父亲帮我拎着行李与老家的土特产，送我到村口。趁着静寂，我再次以过客的方式离开了村庄。

　　只是，伫立在村口的苍老父亲，久久地站立着，凝视着、眺望着……

第四辑／**村　　事**

 村　　事

鸡叫三更，牛屋里，爹一早在木板床一阵古老的咯吱声中利索地起身，扣上羊皮袄的纽扣，打开罩满夜色的柴门，朝漫天的星斗干咳嗽了几声。山村的静谧里传来清脆的回声。娘大概也睡不着了，下了床，端一盏煤油灯，颤巍巍地向灶台摸索去。

还早呢！急啥？娘望着精瘦的爹说道。

后湾李先生家的二亩稻茬还等我去犁呢。

山里人把老师称作先生，山村里的人识字不多，总爱把老师称为先生，表明特别的敬重。

早着呢！娘又说，吃了荷包蛋再走！

爹说，有鸡蛋吗？

娘说，就剩两个。

那就留给铁树吃吧，好长出息。娘把早已准备好的两个鸡蛋又小心翼翼地放回原处，半天叹了口气。

"驾！"门外传来一声嘹亮的吆喝，打破了大山的寂静，爹扛着犁，牵着牛下地了。

太阳晒着屁股啦！

娘在院子里，把我从睡梦中叫醒。透过木棱，阳光暖洋洋地照射到床前。

娘端着两个荷包蛋来到我面前，吩咐道，趁热吃了吧，快！

娘又道，冷，甭起身子了。

我望着娘一脸的沧桑，两行热泪不觉流了下来。

我对娘说，娘，您吃吧。

早饭时分，爹还没有回来。

娘从鸡栅里逮了两只老母鸡。这是娘的心肝宝贝，家里就靠它换烟火油盐。爹生病时，娘都舍不得杀一只。我和妹妹暗地里都恨娘的抠。

娘把我叫到跟前，铁树，把这两只鸡给李先生家送去，听说你师娘病了。咱家也实在没有什么好送的了。

爹常对我说，他是玩泥蛋的，汗水摔八瓣子也要把我培养成人呢，哪怕砸锅卖铁！

爹做梦都盼望我考上大学。

爹没有文化，吃尽了苦头。所以爹特别敬重有文化的人。爹对后湾的李先生敬如神明，家里有喝酒的事，总离不了他。李先生是我初三的语文老师兼班主任。

从后湾回来，我在村口碰到从田里回来的爹，爹一身疲倦，但依旧精神着呢。

铁树，回家写字去！

爹很自豪，常当着众乡亲的面，把一摞又一摞署有"杜铁树"的文章和奖状向他们炫耀。爹说，只要儿子有出息，爹不累，永远不累。

爹坐在饭桌旁，大口吞咽着。

我看爹劳累的样子，欲言又止。

爹看出了我的神色不对，便问，啥？

我吞吞吐吐道，李老师说去年的学费不能再拖了。

爹忙刹住嘴。接着，爹又恢复了吃饭的速度。

饭后，爹从墙角里捣鼓出泥鳅网，背上鱼篓出了门。

午饭也没有回来吃。

直到黄昏时分，爹才从遥远的地方回来，一篓鲜活乱蹦的泥鳅、草鱼等。

爹的脸上乐开了花。

爹兴奋地对娘说,煮鱼吃。

娘犹豫了一下,都卖了吧?

天黑透了。娘把一篓鱼换成了或多或少的钞票。

夜深了。昏暗的灯光里,爹和娘在牛屋里小声地嘀咕着什么。

天亮了。爹不见了。问娘,娘说爹外出打工了。

什么时候回来啊……

湖 畔 悲 歌

老猎人望着躺在那简陋竹床上的小猎人,脸上愁云密布。

他没有料到,今年的森林气候异常,冬季说来就来了,紧接着就是漫天的风雪。不偏不巧,正赶上小猎人身染重病。身上所带的干粮早已经吃光了,他俩有两天没有进一粒米了;真是雪上加霜,饥饿比气候更直接威胁着他们的生命,使他们无力走出这片大森林。

老猎人端着猎枪,在森林里寻觅、徘徊、思索……老猎人仿佛又看到了那只美丽的天鹅在清澈的湖畔上空,翩翩起舞,优美的舞姿,令人惊叹。忽然一声枪响,天鹅像断线的风筝从高空跌落了下来,直坠向地面……老猎人大声疾呼,喉咙里却发不出半点声音来。

昨日,老猎人外出寻找食物,在湖边的草丛里发现一只天鹅,其鸣悲切,看样子受了伤。老猎人纳闷得很,候鸟都早已南迁,老猎人急忙上前欲瞧个究竟,忽一团巨大的黑影在他眼前一晃,他打了一个趔趄,险些栽了个跟头,原来,是一只老天鹅用它的翅膀拍击他。

老猎人一怔,神情有点异样。

老猎人从回忆里抬起头来,望着消瘦的小猎人,心底掠过一缕缕辛酸,小小年纪就承受着这样痛苦的磨砺。老猎人狠狠地吸了一口烟,凝视着远方。猛地,烟火一闪,钻进了脚底,使劲地一搓,愤然道,为了性命要紧,也顾不上了……

也许,暴风雪已经从远方开始起程了。

如果他们再找不到一点食物,马上离开这儿,那有可能就甭想活着走出这片森林了。

老猎人端着枪,一步步向那湖畔走去。

天气急剧地变化,风吹到脸上似刀割一般的疼痛。湖离这儿不太远,翻过几座山,涉过几道沟就望见了,待老猎人走进那湖边时,人整个惊住了:只见和他们俩处境一样的那两只天鹅拥抱在一起,身体已冻僵了。老天鹅为了抵御寒冷,张开了自己的翅膀,把小天鹅抱在怀里,那长长的脖子互相缠绕在一起,紧紧地……

老猎人慢慢地放下猎枪,两颗硕大的泪珠滑落下来,视线模糊了。

泥味乡村

对于乡村里走出来的人来说,一沾上乡土气息的物什、植物等,总有种命里的熟悉和亲切,仿佛那扇记忆之门瞬间轰然洞开,让我一眼就望见曾经生于斯、长于斯的村庄,生命大树的根须就延伸开来。

面对它们,我总是充满着一种敬畏和神圣的感情,简单朴素的模样,喂养了一代又一代人。乡村的祖辈与父辈们,也许在时间的旷野里,向我们展示的是生命中的恬与美。在褪去一切繁华与芜杂的田野上,上演着赤裸的人生。

深秋霜降过后,我回趟老家,与父亲促膝谈心,要不就和母亲烧烧饭菜。我

生活课

完全没有注意到那不大的菜园。乡村在经典的记忆里，就是简单与纯朴、丰富与空白组合的中国画。彼时之景，苍白的是天空，暗淡的是深褐色的林子，昏黄的是或大或小的稻草垛，最富有情趣、耐人寻味的是那悬挂在西天的残阳了，余晖投向光秃秃的枝丫，在屋墙上挽留着淡淡的色彩，仿佛父亲的脸庞。日落西山，恐怕就是这样的光景吧。翌日清晨，当我从木床上起来，在早晨阳光的暖照下，再看母亲的菜园，一种生命滋润的情景扑入眼帘。菜园里种上些白菜、萝卜，还有零碎的葱蒜，特别喜人的是，成熟的白菜和长得硕大的红萝卜，在露水的浇灌下，晨晖把他们映衬得非常鲜嫩，一种张扬生命的力量，完全呈露出来，夹杂着泥土的秉性，湿漉漉的泥土，肥肥的蔬菜，诗意的篱笆围成的乡村一景，让我为之倾倒。母亲竟把乡村的生活收拾得如此诗意和灿烂，菜叶那葳蕤的样子，宛如母亲绽开的笑容。它们烙印在我心田里，一生也忘不了。

这是乡村里常见的情景，于我难以消化。又如父亲在空旷的田野里，手握着锹在行走着，或父亲蹲在田间地头，点燃一冬的思绪，眼前是碧绿的麦子。冬日的乡村异常安静和清淡，一切动物似乎都默不作声，或者没有了往日的声响，就连鸡鸭鹅之类都吃饱回窝。而在外站岗的，就是那大串大串的玉米棒子。乡间丰收的玉米棒子，农人无法将谷粒一一归仓，就拉开玉米的苞衣，对系挂在屋旁的大树上，一字排开，宛如龙般蜿蜒着。屋檐两边，一边一行，整个玉米棒子，在冬日的门楣旁，恰似乡村日子的守护神，给寒冷的冬日增添几许温暖。也许，冬天在它们的守卫下，日子服服帖帖地走上灶台，化作袅袅的炊烟。

这些关于乡村记忆的碎片，不胜枚举。每一个零星的场景，都牵动着乡村的寓意和哲语，我们的思索只会让村庄更加诗意和深厚，博大和陌生，到最后，我们都会在思考里迷失了乡村。

或许，我们就像是乡村的物什，母亲手中侍弄的、最简朴的土豆、萝卜和白菜，躺在乡村的怀抱里，无须思考、说话和其他，只要记住我们的根、叶长在泥土，灿烂在朝阳里就行了。

 同　情

老邪是野渡山庄的一个人。

老邪，本名叫什么大家都忘记了，由于他的腿有点残疾，走起路来一瘸一拐的，再加上年纪，所以人们称他为老瘸，可野渡山庄的人有个癖好，好给人起绰号，且通俗易懂，朗朗上口。山庄的人肚里墨水只有那么几滴，常把老瘸念成了老邪，天长日久，老邪便叫开了。

据野渡山庄的人说，那年美帝国主义把战火烧到了鸭绿江畔，激起全国人民的一片怒火。许多热血青年纷纷远别家乡，穿上军装，保家卫国。老邪便是其中的一个。他是野渡山庄的人，也是野渡山庄唯一收养的孤儿，所以理所当然为山庄分忧解难。那年月，作为很有点家资的野渡山庄的人来说，都舍不得自家儿郎去当兵。自然而然，任务就落到了年轻的老邪身上了。山庄的人都庆幸老邪命大啊，战争结束了，老邪留下唯一的纪念是把一条腿丢在战场上了。

老邪回来了，拒绝县民政部门的优越安排，又独自回到了山庄了。这很让博爱的野渡山庄的人看在眼里，疼在心里，还流下了辛酸的几点眼泪。无论怎样，对于英雄与功臣，山庄是不能亏待人家的。山庄经过慎重研究，决定无偿地赠送给老邪三间草房，粮食由山庄提供。但老邪执意不肯，只说，还是把山庄的那片多年的荒坡送给他吧。

山庄后面有一条河流，河流的下游有一片荒坡，坟墓遍地，杂草丛生。每到夜晚，阴森森的，挺怕人的。山庄的人巴不得有人去。再说，山庄人吃得有滋有味，谁会在乎那点鬼不要的土地。

山庄人很是感激老邪。东家来了朋友，西家去了亲戚，总得邀请老邪去作

陪。老邪的存在，给山庄注入了一股生机和活力。在老邪的面前，山庄的人总是把自己的头颅抬得很高，并以怜悯的目光打量着他，老邪似乎让山庄的人找到了生活的支点。所以，一日三餐之余，总是叹息着，唉，可怜的老邪啊。

一晃过去了几年，老邪就在山庄人遗忘的角落里，扛起锄头，起早贪黑地忙碌着。几个几场春雨过后，荒坡焕然一新。无数小树苗迎风疯长，过了夏，转眼成了一片小森林。3年后，荒坡郁郁葱葱，大树林立。那时正赶上市场木材短缺，这让老邪发了一笔不小的财富，摇身变成了万元户。

当老邪一下子成了山庄最有钱的人时，犹如一颗炸弹爆炸在山庄人的面前。山庄的人突然之间有点找不到自己了。山庄的人有了一种养虎为患的痛感。山庄一连失眠了好几个晚上。后来的事情令老邪都无法想象。一夜之间，那片森林又变成了荒坡，大量的树木被砍伐在地，凌乱不堪。当老邪痛心疾首地找到村长时，村长冷漠的神情使他瞬间明白了什么。

老邪踉跄而去。

后来，老邪从山庄无声地消失了。

再后来，从庄外的人传来消息说，老邪在一座城市里打工、经商，可发了。可后来又有的说不知怎的又一贫如洗了。快五十的人了，他依旧形单影只，一脸的沧桑。山庄的人听说了，又深为老邪难过起来，伤心处又为他落下几滴眼泪。

夏夜的萤火虫

夏夜,漫天都是星星,亮晶晶的葡萄似的。田野空旷,庄稼静默,四围涌上来的是无数不知名昆虫的鸣叫,唯一证明生气的是那漫天飞舞的萤火虫,从远方飞来,在高大的脚手架衬托下,一切显得那样渺小、孤独。而简陋的工棚里,躺着一位年轻的男人,看样子受伤了,伤得不轻,偶尔听见男人轻微的呻吟。在男人的旁边,还有个女人,白皙的皮肤,俊俏的脸蛋;正拿着温热的毛巾给男人擦拭额前的汗珠呢。

男人转过身去,把脸向被子里又深了下,啜泣声传出来,化作滚烫的泪珠,掉到地上,听响。

女人见状,就紧紧地把男人搂在怀里……

男人是个建筑工。跟随一个建筑队打工,走南闯北,无数高楼大厦从男人手底冒出来。干活累时,男人就喜欢坐在高高的脚手架上,把手擦了擦,从贴身的衣兜里掏出一个女人的相片,美美地欣赏一番,完了还不忘高歌一句"妹妹你大胆地往前走啊往前走,莫回头……"。声音浑厚,在粗犷的空地上传出很远很远。同事们听了就折起腰来笑,小子,又想女人哪?这时候,男人望着工棚,装出生气的样子,别瞎说,小心被她听见呢。

不远处的工棚里,女人正埋头烧饭,从锅底里冒出来的烟把女人熏得黑乎乎的。

男人做梦都不敢相信这是真的。

女人要身材有身材,要容貌有容貌。在老家,就是拿棒子打也打不出这样有棱有角的女人。当女人第一次和他说话时,男人半天反应不过来。男人就使

生活课

劲地捐了下大腿才开始回话。令男人难以相信的是女人看上他了。女人第一次说这样的话时,男人没有在意。后来又说时,男人也没有在意。同事们说,小子,交桃花运了吧,还是看上你的钱兜?男人想自己是个穷光蛋,有的一身力气,哪里有钱?哪里会有桃花运可交?再说,男人如流水一般,随着建筑大军从一个城市辗转另一个城市,到处是流动的家,哪里有个安身的家?

男人疑惑着,后来男人又到另一座城市干活。意外的是女人也追到了这个城市,男人十分诧异。

男人说,你干吗跟着我?

女人说,我喜欢你啊。

喜欢能做啥?又不能当饭吃?俺是个穷光蛋呢。

女人扑闪着眼睛,说,俺不嫌弃,俺图你人好,穷,只要有咱俩的双手就不会穷的。

男人说,你会后悔的。女人说,俺相信你,吃糠咽菜情愿……

女人也跟着男人,从一个工地飘到另一个工地。

白天,男人在高高的脚手架上,女人则在简易的工棚里做饭。女人真能干,负责一个工地上几十号人的一日三餐,买菜淘米做饭。女人还有一手好厨艺,简单的家常菜到了女人手里,就变成了喷香可口的美味佳肴呢!

再干活时男人觉得格外有劲。男人暗暗发誓,哪天也要让女人住上这高楼。男人就拼命地挣钱,一座座小森林般的高楼拔地而起,站在高楼上的男人,望着女人,总想放声歌唱。

男人本来想回老家的,该把婚事给办了。老板说再盖完那个工程就放他假期;多挣点手头也好宽裕着,办喜事花钱的地方多着呢。男人一听,也是,就决计再干上一段时间。为了再挣最后一笔钱,男人就随着建筑队来到了这个荒无人烟的地带。男人没有想到会从那脚手架上失足摔了下来。

男人对女人说,你走吧,我会拖累你的。女人抹去一脸的泪水,就拼命地摇头。男人就低下头又说,这样的日子什么时候是个尽头?你走吧,我不会怪你的,女人依旧拼命地摇头。女人把药倒好,把男人轻轻地扶坐起来,一口一口地给男人喂着。

男人一怔,你又去买药了?

女人不语。工地干一半,工人就撤走了,原因是夏天天气炎热,但男人留下来,因为无家,女人也留下来了,因为留下照看着工地,可以多得一笔收入为男人治病。整个旷野里,只剩下男人和女人了,还有滚热的日头、皎洁的月亮。

女人轻声地问,药苦吗?男人就着眼里的泪水,不苦,甜着呢。女人就开心地笑。当然,女人也有郁闷的时刻,男人怎么不问自己的情况呢。

白天,女人把男人放在平车上,推到树荫下乘凉。女人很兴奋,男人的病好转了。为了给男人解闷,女人还会给男人唱起家乡的童谣:萤火虫,夜夜红。公公挑担卖胡葱,婆婆养蚕摇丝筒,儿子读书做郎中,新妇织布做裁缝,家中有米吃不空……

旷野的夜是最难熬的。四周泼墨似的黑,那青青的芦苇荡、高高低低、大大小小的坟地,到了晚上都变成了黑压压的,让人毛骨悚然。不远处,还不时传来怪异的鸣叫声。女人胆小,泥鳅一样滑进了男人温暖的怀里。

女人又要去给男人买药。男人说算了吧,反正也快好了。男人已经能下地走几步了。女人不依,顺着弯曲的小路,爬上高塬,涉过小河,拐上公路走远了。

女人走后男人就后悔了,天有点晚了。更让人担心的是要下雨了。

其实女人也后悔得要命,看样子今晚要摸黑回去了。女人最怕黑,特别是旷野无人的黑,但为了男人的药,女人高一脚低一脚地走着。为了早回,女人小跑似的,买完了药,坐上最后一班公交车就回来了。天公不作美,外面下起了瓢泼大雨,天一下子暗了下来。女人头皮一麻。到了站,女人下车,双手护着药,一头钻进了夜幕里。夜黑,雨大。女人顺着大致方向,跌跌撞撞地向工地扑来。

女人浑身湿透了,大气也不敢出,一个劲地往前奔走。道路泥泞,女人的两只鞋子也不知到哪里去了,泪水不知不觉地从眼眶里泻了下来。就在女人涉过小河将要爬上高塬时,漆黑的雨夜里,熟悉的歌声又传到了女人的耳畔:"妹妹你大胆地往前走啊,往前走,莫回啊头……"塬上闪亮着一盏微弱的光芒。光亮里,

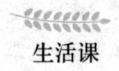

生活课

女人看见雨帘中的男人挂着木棍,手拎着装满萤火虫的罐头瓶,对着女人的方向引吭高歌……

女人只觉得眼前飞舞着无数只萤火虫,一闪一闪地,很亮很亮。

第五辑 / **消失的农具**

生活课

 故乡的镰刀

镰，又叫镰刀，俗称割刀，薄而弯，轻巧而锋利，最常见的农具。握在农人的手中，如游蛇穿梭在村庄与旷野里。月牙状的身材，盛装着乡间最婉约的意蕴，木质的手柄，是农人粗糙的手，凸显出一种摄人魂魄的力量，主宰着大地上的农事。

镰刀，是比犁还要古老的农具。最早的叫石镰和骨镰。真正的铁镰是战国时期才出现的。镰同犁一样，都是中国农耕文化的"图腾"，是农人与生存搏斗极其简陋的兵器。镰刀有不同形状。据《王祯农书》记载，有佩镰、两刃镰、镰、钩镰、镰之镰等，有揽勾稻禾的弯月形的，半月形的和长弧形的，镰柄也在一尺左右，或曲或直。"低控一钩长似月，轻挥尺刃如风"，就是对镰刀的诗意描述。民间使用割稻禾的铁镰大体有两种，一种是收割稻禾用的"禾镰"，为弯月形，镰头宽、薄而镰尾窄、厚，刃部有较细的锯齿，柄部卷成銎状，受以木制直柄；另一种则是割草或割粗硬茎秆植物的"镰刀"，较"禾镰"小，外观呈斜状梯形，直线造型为主，镰头宽大而镰尾窄紧，刃部为斜直形，宜于割断矮小或粗壮的茎条。苏北属于江淮平原，多稻谷、禾豆，故常见的镰刀均为弯月形，结构单纯，造型简约，轻灵便利，一镰在手，宛如指挥千军万马，纵横四野。

我醉心于镰刀与庄稼耳鬓厮磨的时光。每一个刈割的时节，只有镰刀才能潜入庄稼的深处，打探泥土深处的秘密。镰刀，不只是一块冰冷的铁，在它的身上，有麦子的重量，有一滴汗水的闪亮，还有一夜的星斗与月光。我曾目睹镰刀在火中诞生的过程。它最初只是一个铁块，在烈火的炙烤与凉水的冰冻中，在铁锤的千敲万打和无数次的挤压变形中，缔造了一个具有生命意义的名字——镰

刀。对于铁来说,这是一次悲壮的生命的涅槃!而对于镰刀而言,一个农耕的世界站立在它的肩膀上。在它的背后,是日出而作日落而息的劳作,是面朝黄土背朝天的生活。农人们挥着锋利的镰刀,把日子收割。他们甩开胳膊,低头弯腰,握着镰刀在旷野里挥汗如雨,宽厚而坚忍。农人用劳动面对幸福、痛苦以及死亡。一把镰刀,就是一种生生不息的人生。

在乡间,使用镰刀的日子总是很短,电光石火间。几个晌午,刚才还金色满地,瞬间空空如也,只剩下矮矮的稻茬麦茬直竖竖地朝向天空。更多的时候,是我们在角落里审视镰刀上的日子。由生锈到闪亮,从闪亮到锈蚀。但是,总有一把镰刀,在白天或者黑暗中闪烁着逼人的寒光。悬挂在季节的枝头,在农人的屋檐下。是对日子的数落?还是在沉浸在劳作的渴意中?星星点点的黄锈斑,攒集这个铁的火焰,在农事的空气里燃烧。闲置的镰刀,等待的或许是一场无声无息的消失,或者是一场风卷残云的盛宴。直到在粉身或者磨砺的过程里,化作乡间的泥土或时间的皱纹。

镰刀的前身是否就是打打磨磨的使命。当它被粗大的铁钳从炉子里夹出来,迎接的是大锤小锤的叮叮当当,铿锵着乡间的梦呓。直至恢复了黑色的脸庞,峻厉而冰冷的目光,完成新生。生于捶打,活于磨砺。在一块粗糙的石块上,咿咿呀呀地,把河流放上,把乡间的日子拌上,来来回回地磨砺着。时光的碎羽、日子的秘密就在黄色的锈水中呈现。刃,是智者,在阳光照耀下,一片铁缓缓吐出内心的秘密,它将驱赶这光芒,照亮农事和岁月深处的风景。植物们也将欢呼一片。

在乡村,一个男人是否能支撑起门楣,是看你能否驾驭一头牛,拉动一张犁或者把握住一把镰刀。我用过镰刀,在一片金色的海洋里。站在麦子中间,我竟然无法使动一把镰刀。只看见血从我的脚脖上流了下来,应和着母亲咔嚓咔嚓的割麦声响。在麦穗翻滚的旷野里,我看到了自己的伤口,看到了麦子的伤口,还有更大的伤口悬于麦田的上空。我遐思于麦子生长的时分,是农人从泥土深处掘开大地的伤口,把麦粒藏身于其间。风雨拷打,麦子用葳蕤的身影,金色的麦芒帮大地缝绞伤口。而现在,镰刀又将揭开伤口,在炽热的阳光和布谷鸟不住

生活课

地啼叫声里,农人把伤口上的粮食赶运回村。麦子纷纷作偃伏状,只剩下空旷的麦地和寂寞的虫子在深处呻吟。

在老家,使用镰刀最多的是母亲,终日一把镰刀在手,割麦割草,好像拿着一根生活的缝衣针,在日子的补丁处劳作。一把把镰刀,从最初的半月到最后的小月牙,以至消失。只剩下光亮亮的木柄,带着母亲的体温与汗水,成为母亲另外一只手臂,仍旧挥动在农事深处。只是在那黄昏的麦田里,我每看到弯腰刈割的母亲,总是模糊而又清晰。母亲,不正是一把朴素质朴的镰刀吗?在岁月的旷野上把我们收割。母亲啊,就是一把最后的镰刀。

现在,我们距离镰刀很远,这大概是最残酷与幸运的折磨。在日子的角落里,你总会感觉到有一把镰刀在黑暗中与你对视,甚至在你心上轻轻割上一刀,留下紫色的红痕。我知道,无论镰刀或者母亲,会消失在风中,但她们都会成为大地上一块黑色的铁,成为岁月旷野里的一把锋利,散发出历久弥新的光芒。

素　描：耧

耧总是远距离地躲避着我。我时常在黑暗中想象它那刚毅的背影。静默的时间钟摆里,我听到一种划破泥土的声响,似锋利的刀锋划过雪白膏腴的皮肤,脆生生地,夹着生命的呼唤。那定是古铜色的木质耧与冰冷的铁器在时间的水面上,剖开人类缓慢的竹书。

耧,叫耧犁,也叫耧车,《通俗文》说:覆种叫耧。又叫耧犁。其铲刃像犁镜而小。不同的乳名,都蛰伏在旷野的深处,下种岁月的歌谣。它主要由耧架、耧斗、耧腿、耧铧等组成。耧是个心思复杂的家伙,它没有锄或者镰刀等农具们单纯、豪爽,它可以代替许多农具们干活,迫使许多收获的时间水面上,抛头露面的是耧，水下是镰刀或者锄。农人用过镰刀、铲等农具总是很不心疼地一抛，而耧则似掌上明珠般，擦拭，再擦拭，直到泥土剥落，露出内心的光芒来。

据东汉崔寔《政论》记载，耧犁是西汉武帝时搜粟都尉赵过所发明，"三犁共一牛，一人将之，下种挽耧，皆取备焉，日种一顷"。这种耧犁就是现在的三脚耧车。耧车有独脚、二脚、三脚甚至四脚数种，以二脚、三脚较为普遍。王祯《农书·耒耜门》记载，两脚耧的具体结构为："两柄上弯，高可三尺，两足中虚，阔合一垄，横桄四匝，中置耧斗，其所盛种粒各下通足窍。仍旁挟两辕，可容一牛，用一人牵，傍一人执耧，且行且摇，种乃自下。"而韩琦则在《祀坟马上》中曰："二茔逢节展松楸，因叹农畴荐不收。高穗有时存蜀黍，善耕犹惜卖吴牛。泉干几处闲机硙，雨过谁家用粪耧。首种渐生还自喜，尚忧难救赤春头。""粪耧"，即"耧车"。

历史难掩耧的光芒。从粗糙简单的犁铧到复杂的耧，人类向前迈进了一大步。前行的代价注定要用人类自身的劳作来推动的。耧的出现减轻了人力劳作的痛楚。特别是三脚耧在乡间多见。耧不仅解决了土地的翻耕细碎过程，还一次性地三次播种。分行的播种更有利于种子对阳光雨露的吸收，以及除草的劳作。

耧在《现代汉语词典》中赫然解释着，是一种畜力播种的农具。我惊叹于现代人舒适的生存。耧的对象是牲畜，可是那驾驭着耧者，有几牲畜？匍匐者一定是那在风雨里在晨曦中在残阳里低头前行的农人。悲乎？人亦牲畜，牲畜却凌驾于人。

我没有使用过耧，只在乡村旅游中看到枯槁于静立时光里的耧，落满尘埃。昔日与农人一道，在大地的舞台上上演着与旷野的肉搏战。肩膀上勒着沉重的绳索，上衣早已抛开，固然是春寒料峭的时光，清冷的晨曦从天边喷薄而来，丝丝缕缕地，给大地披上温暖的外衣。农人赤裸着胸膛，赤裸着暴起的青筋还有憋红的脸庞，刚毅地拖着耧前行。一步一滴汗珠，一步一个太阳，沿着种子一并种植在大地深处，麦穗、稻穗甚至鲜艳的红高粱、整饬的玉米，谁不是阳光在岁月深处的孕育与点化，一粒粒果实，烙印着阳光的元素，闪耀着惊人的汗水。

生活课

农人啊,在抵达秋天的路上,如何越过季节中的沟沟壑壑?一只耧,一赤裸着上身甚至灵魂的农人,还有几粒时间与生命孕育的种粒,在与泥土最赤裸的对话中,简陋的劳作里夺取了生命枝头的果实。这是农人的生活,从根本意义上说,这是农人艰涩的生存。生存简单的搭配里,充满着希望,充满着火焰,充满着血色的光芒;是汗水与泥土的歌,是肉与耧的诗,是灵魂与时间的画。活得赤裸,活得纯粹,活得硬气,活得艰难,活得伤痕累累。

我们与耧是血脉相连的,不论木质的还是铁质的柄,都会传递着一种秉性,一种精神,一种蕴含着生存意义上的隐语。木质的火焰与铁器的坚硬如何糅合生存的旷野?我或者父亲都无法忘却缰绳下的背影。乡间,每一头牲畜都是一个响当当的劳力。我们是劳力,我们经常要客串角色,充当牲畜,在旷野上劳作;把力气浇灌在脚下黑色的土壤里,催开季节的萌芽。甚至有时我们还要充当种子,没有希望的种子,在耧开的伤痕里,把自己种下去。生于泥土,当然还要回归于泥土嘛!

在农具森林里,我常想着它们何尝不是农人延长的手臂?手拿着莫名的刀片,划开大地灿烂的一角,让后者进入,成为大地上空的主宰与飞翔者。飞翔者的快乐里,再也不会感受到那些质朴的农具们,木的火热、铁的冰冷,在火热与冰冷之中,谁会看到曾经的农人披荆斩棘?

越过耧,越过农具。霓虹灯闪。农具越来越陷于时间的灰烬,是庄稼的祭奠者,宛如火语者,直到渐渐熄灭,成为废墟。但是,它的背影,它铿锵的昔日终将被天空、大地所洞悉。恰如那三脚耧,天、地、人三根肋骨,支撑着人类向前行走。

父 亲 的 耙

耙,是乡间里常见的农具,也是父亲对抗土地的武器,一件一生托福给他的拐杖。

耙,制作起来比犁稍微简单些,先用树木打成框架,然后再在四围锲上钯齿——一些牙齿状的大铁钉,耙就做成了。

耙多是呈"目"字形,中间有横梁。木质的耙,铁的齿,像一只猛兽锋利的牙齿,前后两排,闪着黑黝黝的光芒,那是与泥土摩擦、搏斗的荣光。低矮的身子,没有站起来的高度,却有着无限辽阔的胸襟。再僵硬的石块,再空旷的田野,只要经过它的手,它的牙齿,它那匍匐的身躯之后,泥松土软,生机蓬勃。

顾城说,黑夜给他黑色的眼睛,他却用它去寻找光明。耙,它的齿,是大地的手术刀,剖开丰收的土床;是乌黑的、大地的眼睛,在黑暗中摸索这泥土,寻找果实。

从历史的泥泞里走来,父亲总喜欢把耙扛在肩膀上,把劳作扛在肩上,把一生的支柱都托福给了田野。耙的对象是碎土平地和消灭杂草,是给秋天的庄稼建造个暖巢。古代谚语:"耕而不耢,不如作暴。"这是耙的使命,肩负着阳光的重任。这也是父亲的责任。父亲扛着耙,他的对象是庄稼、丰收、炊烟还有家中的亲人们。耙沉重,父亲比耙沉重,耙承担的是一野的庄稼地,父亲承受的是一个家庭的生计。

父亲也有惬意的时分,那是在和耙一起飞奔在稻田里的情景。

牛拉着耙,在四围浅浅的水域里,父亲立在耙上,一手抓住缰绳,一手扬鞭,一声惊雷的吆喝,驾!随即牛号声从空中飞溅开来,宛如撒下的种子,噼里啪

生活课

啦，声音洪亮清脆，仿佛在充满生机欲望的水田里，那拔节的声响已经在远方启程。声音重金属般落下，顿时，泥水四溅，水牛放开四蹄，背负着耙，在水田中昂首阔步。

我没有用过耙，可是我却享受过耙——有趣而又沉重的农具。

站耙，这是农田里耕耘庄稼田的一项重要活动。家中劳力弱的人家，站耙是最好的选择，任务自然落在孩子们的肩上。那年我11岁，念小学四年级。

当一个人的重量不够时，耙，就会在田里漂浮，它就无法把泥土耘透。这时就需要"站耙"。站耙的对象只能是孩子，再重牛怎么能吃得消？在乡村，牛在农人父亲看来，是家庭的一员，疼它，更关心它。站耙，曾是我们多么梦寐以求的事情，站在耙上，就像扬帆远航的水手，有好男儿志在四方的豪迈感，同时，还有那么一点主宰田野的味道。虽然，那时父亲才是土地真正的驾驭者。胆子大的，站耙时只要用根长绳子拴在耙梁上，握在手里，随着耙体起起落落，保持身体平衡就能站稳在耙梁上；胆子弱的，就胆战心惊地蹲下身子，两只脚放在两根耙梁上，磕磕绊绊，随波逐流，一身泥浆，一场活下来，阡陌上定会多了个小泥猴子呢。

父亲文盲，却识得大地的字，耙的字，以及泥土上生长着的庄稼字，春分，谷雨等成为父亲在乡间叨念最多的音符。而我识字，却不识泥土里深藏的隐秘与艰涩。父亲说，你的字写在课本上，我的字写在大地上，写在每一枚麦穗、稻穗上，炊烟就是他最朴素的批改符号。

犁好了的田必须耙匀。水稻田如果耙不平，或高或低，那么注定有些禾苗不是被晒死就是被水泡死。禾苗成熟时需要烤田，如果放不干水就会发生病虫害。所以耙地人要把高处的泥土往低处耙，耙水稻田时不能放太满的水，水太满看不出高低来了。庄稼汉的父亲那时如哲学家，如是说。

我无法做个真正的农夫，面对空荡荡的田野，破碎，凌乱，荒芜，高高低低的麦茬，僵硬的泥块，犹如一个人破烂的衣服，鸡窝似的头发，一个词语形容：枯槁。在季节的空隙里，我知道大地累了，父亲也累了。于是，耙启程了。农人怀揣着锋利的农具，驾起水牛，去给旷野梳理疏松肌肤和头发了。这种方方正正的农具，只有它才能叫开田野之门，叫醒熟睡的种子，使它重新从泥土里站起来，在下一个季节的路口,搀扶着醉醺醺的秋一起回家。

耙,一架朴拙土气的古典农具啊,历史的轩辕走了一圈又一圈,在你的身后,我依旧看到母亲沟壑纵横的面颊,父亲饱经沧桑的手,还有你那闪烁着白光的牙齿。

如今,父亲的耙还依靠在老家的山墙上?不知道是否还锋利如初?梦里梦外,依旧是你的身影。

今生把我耕耘。

怀念木锨

锨,乡村人家少不了的农具,它是农人的一只手、一条胳膊,是农人身体不可分离的部分,叩问在辽阔的原野上。

锨在古代称为"锸"。从质地来说,锨分为铁锨、木锨。铁锨,由长木柄,凹着的铁片组合而成,其主要功用是挖土和起土;它的用途很广,当年大禹治水时,使用的工具就是锨的前身"耒"。战国时期李冰父子修建都江堰水利工程和秦时蒙恬率大军修筑秦直道,以至历朝历代修边墙、筑城池、建陵寝、垦荒屯田都离不开铁锨。而木锨主要用于乡场上扬麦子,去掉粮食里的糠皮杂质。

木锨,似锨而较铲方阔,柄端无短拐,长柄,板前薄后厚,既具有一定的强度又便于扬场撮粮,是一种较理想的扬场用具。它肆意地横卧在乡场上,舒展四肢,随时等待着粮食的召唤。有了它,粮食有了好的归宿,日子有了深浅,生活有了光彩。

据说过去,铁很少,也很昂贵,后改为木制,木质有木质的好处,因为铁锨重而且容易铲起场里的土。我倒以为木质不仅如此,铁器冰冷,缺乏体温,农人的

生活课

事情哪一样能缺少火热的激情？只有木质能理解温度，内心里包裹着火，包裹着与粮食亲密接触的暖，暖了麦粒，暖了稻穗，还暖了农家的炊烟。

我偏爱木锨，木质的物件总给人留下暖色的记忆。木锨和叉一样，是长期静默的农具之一。一年中有更多的日子它被高高地靠在墙角，上面落满了灰尘。但是，当麦场上响起连枷与碌碡的声音时，木锨就上场了。光溜溜的木锨把，宽而薄的木锨头，在阳光下敞开胸膛拥抱收获的季节。

在乡间，木锨，约定俗成它是男人的农具。你看那长长的身躯，躺在乡场的中心，守望着饱满的麦粒，随时等候农人的一声吆喝，弯腰，一伸手，便抄起来，在手心里掂量掂量，走到高大的麦堆前，对视一下；接着一锨，深入麦堆的深处，拔出，一把麦粒已扬上天空，撒成了满天的星辰。夜晚，在凉风习习里扬场，是男人们最惬意的事情。女人们是不能摸木锨的。木锨，代表着一家之主，代表着男人的阳刚。所有的男人都瞧不起女人扬场。如果哪家是女人扬场，男人在一旁凉快，那男人多半要招人耻笑的。谁家男人会舍得自己心爱的女人在臂力与沉重的挣扎中劳作？如果此家男人外出工作或者去世，邻居的男人便会义不容辞地帮忙。

木锨，在我家的农事中，有着不可替代的位置。父亲一直霸占着这个不可侵犯的位置。多少次我在无意或者有意中瞅准机会，在麦场上捞上几锨，也会招来父亲的责怪。吊样子，你能用木锨吗？说完，不由自主地就从我的手中夺过去，对着麦堆，精神抖擞地扬起来。忙的时候，我无法触摸木锨，郁闷的是，空闲的时候，父亲也霸占着，好像木锨是他的手臂，扛在肩上不放下来，围着已经扬好的麦子，一圈一圈地走着，他的样子，似乎在想再做点什么，似乎什么也无须做；宛如首长检阅部队般。似乎这样，就觉得心里踏实，就有了依靠，就有了奔头。

是啊，在田野的战场上，父亲就是指挥员、战斗员，在一年四季的风风雨雨里，他带领着麦子、稻穗还有高粱、玉米们，在黑夜与白天里奋战，在汗水与贫穷里搏斗。

我始终没有用过木锨。这是很遗憾的事情。作为每一个从泥土里走出来的人来，失去与庄稼与木锨相依的日子，有限的生命是无法参悟土地与农人的感情，是无法掂量出麦粒与木锨的分量，沉重或者轻盈。木锨，是农人另一只手掌，一只可以听懂粮食呼喊与唠叨的手掌，一只可以感知生活与岁月风味的手掌。木锨上，装满了日子的厚度，明天的希冀。

木锨，乡村舞台上一面木制的镜子。虽不光鉴照人但光芒四射，能映照出农人的勤劳与懒惰，也能映照出村庄的丰收或歉收。不管它搁在农家的墙角或者牛屋，都能折射出一片刺眼的光亮。

木锨，是父亲在大地上飞翔的翅膀。在人生的乡场上，我时时渴望着被父亲扬向苍穹的一刹那。

消失的连枷

农具，背负着日子的炊烟，旷野的沉重，在天与地的村庄上，陪着农人走过一程又一程。农具，是农人的靠山，抵挡风雨的图腾。比如犁铧、镰刀以及连枷。这些木质或者铁质的农具啊，总是和农人贴心，与泥土亲近，整齐地站在农家的屋檐或者山墙上，翻阅人生的四季章节。

连枷，佥也，打谷具也。连枷最迟在春秋时代已经有了。《国语》曰：权节其用，耒耜枷芟。《广雅》曰：枷谓之架。而《说文》曰：架，枷也。枷，击禾连架。《耕织图诗》云：霜时天气佳，风劲木叶脱，持穗及此时，连枷乱发声，黄鸡啄遗粒，乌鸟喜聒聒，归家抖尘埃，夜屋烧盂钵。午忙三季，连枷是最好的帮手。南宋诗人范成大在《四时田园杂兴》中描述那火热的劳作场面：新筑场泥镜面平，家家打稻趁霜晴。笑歌声里轻雷动，一夜连枷响到明。

好一个"一夜连枷响到明"！饱满的麦穗、稻谷，滚圆的豆粒，在咿咿呀呀整齐的合奏中，连枷把每一粒秋天的喜悦，在或轻或重的拍打声中引领进家门，像

生活课

熟透的西瓜从秋天的床上滚落下来，清脆的喊叫，抵达秋的高度。连枷，是彼时乡间最欢乐的歌手。

据《王祯农书》记载，连枷是用四根三尺长的木条或竹条，以皮革编成一块板状，用一个可以旋转的环轴装在长柄的顶端。使用时连枷起落，使竹木条编成的板绕环轴回转，扑打在晒干的作物秸秆上，籽粒便脱落下来。

连枷多是竹制，图轻快，一根长柄，便于农人手握和使劲；长柄的顶端是一块四五根尺把长的竹片拼成的竹板；竹板与长柄成直角，中间靠一根木轴牵连。劳作时，农人上下挥动长柄，而竹板则连转腾挪地拍打地上的豆秆。而苏北打麦用的连枷，因竹稀少故多用木条制成。每个用三四根大约半寸宽的木板片，截成两尺多长，并排铺好，打上三四道皮制的箍儿，一端装个手指头粗的横轴心，安装到一根五六尺长、头上弯曲成环子的竹柄上。随着连枷起落，木排翻飞，击在谷物上，"加杖于柄头以挝，穗而出谷也"。别小看连枷，却是极其简单的物理机械呢，蕴含着朴素的力学原理。使用它靠的并不是力气，遇到不善使用的人，最轻快的连枷也会使得磕磕碰碰的，甚至还会伤到自己呢；必须双手握住把柄高高扬起，待连枷借着扬起时的惯性力翻转时用力下压拍打，否则会造成连枷翻转不过来而上端着地。

父亲是使用连枷的好手，也可谓是地道的庄稼汉子。黝黑的胸膛、粗壮的臂膀，打着日头的烙印；每使用连枷时，那道道青筋挣得要爆裂似的。汗珠从额头上一滴滴滚落，"锄禾日当午，汗滴禾下土，谁知盘中餐，粒粒皆辛苦"。秋天的大豆，不就是汗珠凝结的吗？丰收的庄稼，简陋的连枷，一切重任只好交给那个手握连枷的手中了。

连枷，作用的对象主要是黄豆棵、麦子、稻谷。在没有脱粒机、收割机甚至没有石碾的年代，人类的粮食就是依靠力气的捶打，喂饱自己的口与胃的。而在通往连枷的路上，布满着笨拙的艰辛。

使用连枷前，先将要脱粒的农作物麦子或者稻谷均匀地铺在禾场上，置于烈日下曝晒，等晒到干焦的时候，用连枷一下一下地拍打，打完一面，再把下面翻上来，继续曝晒，然后反复拍打直到颗粒脱尽。

这是一场充满着力气与智慧的盛宴,是一场力学与美学的舞蹈。大地是鼓,连枷是鼓槌,而农人就是打鼓者,合奏着一曲庄稼的颂歌。他们一律头扎着白毛巾,光着臂膀,赤裸着褐色的胸膛,一字排开,手各持着连枷,一齐扬起竹柄,让头上的连枷翻转过来,再用力地打下去,击打在麦穗或者稻穗上,麦粒、稻谷便发出沙沙的声响,纷纷脱落下来。举起的连枷犹如波浪翻滚,连枷与大地的击打中,发出"噼啦噼啦"的声响!那一瞬间,犹如愚公再世,雕塑般的庄稼汉子,战天斗地的气概在天地间弥漫;尤其是多人一齐打连枷,恰似一曲庄稼的史诗!地动山摇,叫人好不惬意!

集体打连枷的场面更让人震撼。二三十人分成两排,左右间自然拉开距离,面对面地打,一起一落,疏密有致,若即若离,浑然一体。两排人从步法到身姿,动作娴熟,音声相和,俨然一支训练有素的劳动技能表演队。"嘭、啪、嘭、啪,嘭嘭,啪啪……"乍听起来似乎单调,可随着被拍打物的反弹和用力的大小,连枷拍打中酷似进行曲般的节奏,往复中富有变化。优雅的动作与声响的有机结合,简直不亚于欣赏一段民间的舞蹈。经验丰富的农人还会在打连枷中加入歌吟:"手握竹柄五尺长,连枷飞舞麦粒香。细细翻来细细打,颗颗粮食都归仓!"另一排人则应和着节奏打号子:"嗨唷哇来呢唷!嗨唷哇来呢唷!……"没有一首歌比得过这首歌动听,没有一首歌比得过这首撼人心魂。劳动的歌是最自然的天籁,是生命唱出的铿锵乐章。

情不自禁里,我也蠢蠢欲动地拿起连枷,加入打连枷的队伍,这竟使我洋相百出。在父亲等人手中灵活飞舞、运用自如的连枷,在我手里竟然似跛脚的汉子,左右摇摆不听使唤,扭臀弯腰,稻穗也被我打得漫天飞舞,我就像乡间戏台上的小丑,引得周围的人哈哈大笑。羞愧中我越发敬佩乡土上劳作的农人们,他们是大地上最嘹亮的歌者,忠实的劳作者,与田野最亲近的耕耘者。

打连枷的日子一去不回头了。连枷至今在乡村仍稀罕可见,挂在乡间斑驳的墙上。只是昨日打连枷的人哪里去呢?渐渐长高的村庄不能告诉我,走进钢筋水泥的人们也不能告诉我。

彼岸,只有隐隐约约的连枷声越来越响。

生活课

忆　　锄

居于高楼,在繁华与浮躁的空间,俯视城市宽阔的马路、霓虹的灯火,猛然间有种失重的症状。那一瞬间,我忽然念及锄来,想手中要是有柄锄就好了,挂着大地,心就安稳。

锄,貌似简陋耿直的农具。但一部华夏的农业史,哪一章不是烙印着它的指纹与汗珠？无论贫穷或者富贵,狂风还是暴雨,都是一柄坚硬的木质与冰凉的铁在夕光中劳作,抵御岁月的洗礼。纵然史册铜墙铁壁,你随便打开一页,都会发现它的根部,都是由一群群草民在垄上躬耕,用这朴素、温暖的动作装订着。

据资料记载,西周以前就有锄,不过都是石锄,也有极少数的铜锄。战国以后遗址中发掘到的多是铁锄。《王祯农书》描述铁锄道:"其刃如半月,比禾垅稍狭,上有短銎,以受锄钩。钩如鹅项,下带深绔(皆以铁为之),以受本柄。钩长二尺五寸,柄亦如之。北方陆田,举皆用此。"古诗有曰:锻金以为曲,揉木以为直。直曲相后先,心手始两得。秦人望屋食,以此当金革。君勿易耰锄,耰锄胜锋镝。《和圣俞农具诗十五首其十二耰锄》带着土地的厚重日子的沧桑,一同凝结成这穿透千古、桀骜不驯的锄了。

锄头是乡间主要的农具之一。它大抵由锄体和锄柄两部分组成。锄柄笔直,用韧质木制成。"立"时微微欠身,横卧时其"头"俯下,谦恭备至,宛如我们与泥土生死相依的农人,对土地、对庄稼对岁月河流里所有的事物,充满着虔诚、崇拜与隐秘。我们所用的锄基本有三种,即大锄、板锄和扒锄。大锄长约两米左右,由"锄脸"、曲钩和木柄组成。"锄脸"扁方,刃口呈月牙状,曲钩形似鹅颈,弯曲修长，钩尾受以木柄。大锄把长体重，适宜于大面积秋作(玉米、高粱等)田地间的锄草、松土活动。板锄与大锄在形制上有些相似，但板锄"锄脸"下宽上窄，外形呈弧状，曲钩较短，颈部曲线较陡，用于在土质较硬的地里锄草、翻土、整理地垄等便于施力。这两种锄头的刃面与锄柄之间形成了一个斜度，执锄者不用弯腰曲背便可轻松锄草。另有一种短小的手锄，柄长尺许，"锄脸"呈扇形，可蹲踞田垄间自由操作，方便简易，俗称"小扒锄""小挠子"等。

锄，关于它的谚语遍地开花。如"多锄草，籽粒饱""千锄生银，万锄生金，一锄不动生草根""苗怕草欺，草怕锄犁"；保墒时有"锄头底下三分水""无雨不要怕，紧握锄杠把""浇水不锄地，出了傻力气"等。锄，它与庄稼呼吸在一起，与农人共命运。融入农人的生命里，是庄稼的节气，土地的守护神。

"锄头响，庄稼长。"锄的功用主要是除草。试想，如果庄稼不除草，任凭田禾与杂草赛长，那庄稼还会有多少收成呢？只有清除了庄稼周围的杂草，让庄稼独享肥力与水分，庄稼才能长得茁壮，农人才会五谷丰登。父亲就是远近有名的庄稼汉。曾经硬是靠半亩口粮地养活一家五口人。父亲说，庄稼从出苗到收割，要锄够三遍。锄地锄地，锄草亦锄地啊！第一遍叫间苗，即剔除掉多余的田苗，庄稼厚不利于吸收充足营养；第二遍叫松土，庄稼身边泥土只有疏松，庄稼才会长得更滋润的；第三遍主要是给庄稼培土，防止长高倒伏。三遍锄毕，按农人的术语就可"挂锄"了，即将锄头挂在墙壁或房檐下，不再使用了。依农人的经验，锄够三遍的庄稼，籽头重，果实饱满；而只锄一两遍的庄稼在收成上就要大打折扣了。父亲视土地为命根子，一有空闲，他总要扛着那鸭嘴锄下湖劳作，把土地翻过去掉过来地侍弄，直到无一杂草，且地异常蓬松。

父亲锄禾，亦如其他农人样，均选择在烈日下，阳光不毒辣不锄草。正午，大地像火炉，片片阳光，似团团烈焰，在父亲的身边聚集。父亲戴着斗笠，肩搭着毛巾，在葳蕤的玉米地里埋头锄地。脸上、身上汗水成河，顺着臂膀、裤脚流进泥土。至此我似乎感觉到，农人的粮食哪里是地里长出来啊？分明是我的父辈们用生命的汗珠喂养大的！饱蘸着天气的阴晴和日子的困难，统统都倾注在脚下的这块土地上了。那专注的神情，那执着的动作，就是再大的河流也带不走

生活课

他。他右手自如向前伸展、左腿自然后蹬或者左手向前伸出、右腿用力后伸的单纯而固执的左右轮回。锄头在玉米棵里穿梭,划破泥土的肌肤,铲除杂草,虔诚庄重。这庄重是对土地、生活本身的尊敬,更是对这劳动的尊敬。父亲执拗地认为,阳光是最好的肥料,每多锄一棵杂草,就是多一棵丰收的庄稼。只有在正午锄掉的杂草才可能在最短的时间里因为水分的缺失而死亡。这样,一个农业活动中最简单和惬意的农活,却变成了一个人与庄稼与泥土的战争,锄也因为与人同样承受了苦难变成了一个富有人情味的武器。

父亲没有文化,格外地崇敬文化,对我的学业倾注殷切希望。村里有位老学究,过去称之为秀才。父亲对他无比信服。农耕之事,只要秀才需要,父亲逢叫必到。父亲说,他是大老粗,没有文化,只有这不值钱的力气了。到老了,恐怕连这点可怜的力气都没有了。他无法用纸上的文字教育我,却把大地当稿纸,用锄头作笔,用颗粒饱满的麦穗展示他的锄文化、他的识字课本。父亲还告诉我,使锄也是一门学问呢。锄禾,松土,同是锄草,但锄禾与松土却各有各的讲究。锄禾要的是位置适中,除去杂草,还不能锄到庄稼苗;而松土却是要到边到角,深浅适度,深了有害,浅了无益。父亲的话语一直烙印在我心田上。这何止是锄文化,而是生命的文化,灵魂的甘露。庄稼需要阳光的炙烤,泥土需要精耕细作,生命焉能缺少铲去杂草的锄,没有锄的拷打,人生怎会赢得金秋。

敬仰锄,敬仰大地上无数荷锄的农人,曾经,他们在阳光下用一柄锄,以匍匐的姿势虔诚地面对生活,承载几千年农业的苦难与坚贞,践行着一个农人与泥土最真挚的情感。当一个个馒头或者一块块面包在口中满嘴生香之际,恍惚中,生在都市的我们,总会莫名其妙地咀嚼到一根刺。一根来自泥土的刺,来自庄稼深处的刺,对准我们物质的胃或者精神的胃,深深扎进。

它的名字就叫锄。一根异常坚硬的肋骨。

说　　锤

　　写锤,是我久已预约的命题。人生的弯弯场里,总有几块横截面需要其敲打,记忆或者怀念,这样才会使我们的头颅时刻保持着清醒的状态。

　　锤是有重量的,无论木质还是铁质的。先说金属制的锤,又名锥,古代十八般兵刃之一,从历史的眼光审阅,作为中国古代重型打击冷兵器的代表,锤是一种带有球状打击部,砸击力甚大的复杂型棍棒。由于其顶端打击部类似人的拳头紧握后的状态,而引申自握拳"锤"打之意。又因锤的头部酷似瓜形或蒺藜球,早期也将"锤"称为"瓜""骨朵"。依锤头形态不同,又将瓜分为立瓜与卧瓜两类。其中,卧瓜的样式更像我们今天使用的榔头、斧头一类,故古也有"槌"之字意。古语中"锤铛之将不可力敌"即是指此。

　　作为兵器的锤,种类繁多,究其名字与作用,令人眼花缭乱。锤大体有长柄锤、短柄锤、链子锤等;也有分为硬锤、软锤的。长柄锤多单用,端柄锤多双使。少时读过不少通俗小说如《岳家将》《薛刚反唐》《隋唐演义》等,书中写到了许多锤,如林铜锤、立瓜锤、两头锤等。翻阅历史的册页,我们还可以读到不少使锤的将士。就是这样一柄铁锤的出现,往往一战即成为千古传颂的沙场名将,疆场英雄!譬如大家熟知的裴元庆,他使的是灭地锤,此锤单重150斤,外漆银粉,是瓦岗山头号猛将;12岁随父从军,三打瓦岗寨,锤震众英雄。归降瓦岗后为前部先锋,四平山一战,打得隋朝天宝将军宇文成都抱鞍吐血。与李元霸对锤,被其称为:"天下无人能敌我半锤,你能连接我三锤,是条好汉!"在隋末唐初被称为"天下第三条好汉"。英雄与锤,好比英雄与美人,互为辉映,光照千秋。然而,令人惋惜的是,少年夭折,成为这些少年英雄共同的际遇。天不佑少年英

雄，惜哉！

如果说金属锤的使命是沙场，那么木质的锤或者石质的锤就是属于民间生活的了。把石头或者木墩凿一个孔，安塞一柄长棍，这就是最简易的锤了。不同物质做的锤有不同的用处，铁锤笨重，木锤轻盈，石锤简易。农民们在播种前，特别是种芝麻、蔬菜等农作物时必须将土砸细，这时候就必须用木锤。

我垂青于木锤，因为金属的锤过于刚烈，浓缩着昔日的刀光剑影、金戈铁马；而木质的锤充满着人间的烟火，乡间的温情。沿着木质，你会找到温暖，找到温暖的岁月。曾经乡间活跃着货郎鼓，挑着担子，装着针头线脑，生活用品之类，走街串巷，吆喝叫卖。我记得那时的商贩手里总拿着铜锣、木锤，一边溜达，一边敲响铜锣，一声长长的吆喝：卖针头线脑网头布头包头哟……立马，从锅门灶台、场上还有茅房里钻出男女老少，带着废品、破烂奔涌而来，叽叽喳喳地兑换，拣这买那，其乐融融。锣鼓声里，木锤之下，一个微型的乡村集市瞬间诞生了，弥补着日子的缺失。

在乡村，凡稼穑之家，都会备个木锤，特别是勤劳的母亲们，一到收割打场麦子的时候，一阵碾子压磨之后，总会有不少麦穗里的麦粒，没有随着汗水、力气还有咿咿呀呀的石碾声回到乡场上；母亲总会把那些麦穗头集中到一起，置于阳光下曝晒，直到焦脆，手一揉，麦粒就会冒出来。这时，母亲从门后的鸡窝附近找到柄木锤，在毒辣的阳光下，手拿着锤，对着麦穗或轻或重或缓或急地敲打起来。一个晌午的劳作，一斗麦子就分拣出来了。饱满的麦粒，灿烂的阳光，还有那捶打的金色五月，把整个麦忙时节铿锵着，一野喜悦。农人汗珠子养大的麦子，哪怕一粒，农人都会不辞辛苦拣出来。一粒麦子，乡间整个乡间的生活，岁月的风味。品咂一粒麦子，我们会尝出岁月深处缠绕着农人一生的酸甜苦辣来。

乡间，锤子就是农人叮当作响的生活，就是夯实人生道路的鼓点。或大或小，都纠缠着生活的角角落落。钉板凳，挂年画，都需要锤子去敲敲打打，有了它的参与，生活才会更加有声有色。如果说小木锤，是农家的针脚，那么大铁锤，则是农人的脊梁与骨骼。"千锤万凿出深山，烈火焚烧若等闲。"每次在唐诗里读到于谦的《石灰吟》，眼前仿佛看见一抡锤者，对着苍茫的山岭捶打，那执着、坚毅的神色里包裹着深邃的思索。

在家乡的东南第一山脚下,我曾亲眼看见着抡锤者豪迈的激情。日头高照,从蜿蜒的山岭上披挂下来,给凝重的山岭披上件金色的衣裳,裸露的岩石,破碎的石块,一旁,为数不多的几个开山者正弯腰劳作。他们裸露着上身,古铜色的皮肤,在阳光的辉映下,在汗珠子的洗礼下,金光闪闪。阳光里的他们,宛如活跃的日头,爆发出火的热情,火的力量。一人手拿钢钎,一人正起劲地抡起铁锤,对着沉重的山峦,发出生命的锤打,一下,两下,千锤,万锤……石块在阳光下发出光和热,耀眼的火花,是剥开的希望。嘿哟,嘿哟,强健有力的声音震撼了整个山谷。那一瞬间,我读到了锤,民间的锤的重量。锤打在生活的温床上,锤打在生命的河床上。我读到了几千年土地的分量,多少年来,无数农人握住时间的手柄,在辽阔的山野中,抡起生命的大锤,去叩问,去锻造……锤,兵器或者农具,在战争年代还是和平年代,它是刃,剖开褐色的铁与黑夜,它是火,冶炼生活的盐与生命的晶体。

浮躁的年代,浮躁的人们,在信息时代的高速公路上,我们还需要那沉重的铁锤,在岁月的山崖上千锤百炼?!

说　　镢

我越来越深陷于对农具的回忆深处。

对于那些有着两千多年历史的农具们,任何怜悯和同情,都显得颇为单薄、轻浮,甚至虚伪造作。它们负荷着时间的重量和五千多年农业的文明史,沿着阡陌,不歪不斜,稳稳向前走着,直至消失、消失。

作家李锐说,正视农具就是目击历史。"有多少种命运,那些农具大概就有

生活课

多少种用法。"比如一把镢就是支撑农人回家的拐杖。

镢，俗名大锄，因铁制又叫铁镢，古书里也称为，一种掘土农具，类似镐，一种中国农人使用最多的农具。最早见于商代，春秋战国时较多。《资治通鉴·唐纪》记载："镢其城为坎。"清朝马益著所著《庄农日用杂字》也云："开冻先出粪，制下镢和锨。"

铁镢分大小两种。小铁镢又叫板镢。平时人们所说的铁镢指大铁镢。铁镢的外形有点怪。镢身长约三尺，宽约二寸，厚一寸左右。镢尖处有两个"牙"。别看这两个"牙"只有三四寸长半寸宽，而且其貌不扬，然而它却是铁镢的最重要部位。做刨地、松土等营生时，全靠这两只"牙"去"冲锋陷阵"。"牙"为钢质，是铁匠后来加上去的。铁镢的尾端是弯曲的，还有一个孔是安装木把的，称为镢柄。

在乡间，从少年到成人，镢、犁铧等是成人礼的标志。会扶耧，能耩地，割麦快，耙地平，锄草净，是成人与未成年人的分水岭。镢与农人是亲密无间的朋友。只要在乡间的田畴上，你扛一镢，立马你就是标准的农人。农人爱镢，甚过自己。劳动时带在身边，休憩时候枕着它，在乡场上端着碗吃饭时坐着它。要是把镢弄丢了，那真好比丢了农人的肋骨。一个出色的农人，收工时，总要将自己的镢、锄和锨擦拭得锃亮。在乡村，鉴别一个农人的稼穑之事，往往是看他对各种农具使用。乡村的农具，一般是不外借的，农人们大都懂得这一约定俗成的禁忌，所以各家各户都会有一套齐备的农具。有了它们，日子就有了着落。

铁镢刨地是种劳动强度很大的农活。真正的农人，从来不逃避镢的分量。因为镢是大地之王，它的地位，靠的是铿锵的实力。在乡村，如果说持镰者，是朴质大方的女子；那么使镢者，就是豪爽憨厚的山东大汉。镢和镰刀的性情不同，是力的象征，镢刨在大地上，就是震耳的鼓点。

父亲总是把镢与犁铧等当作乡村的劳动力。清闲时，它们就敦实、本分地靠着墙角或者门后站着，默不作声。忙碌时，它们就春天播种，秋天收获，和农人一样披星戴月，食风饮露。农人把农具紧紧拴在大地的身上，而农具，也把农人的命运牢牢地绑缚在大地上，几千年了，日出而作，日落而息，婚丧嫁娶、生老病死，一代代繁衍着，重复着。

比起其他农人，父亲更钟情于劳作。在他眼里，劳作是他的本分，大地是他的生命，一生的时光都倾注在上面。日夜不停地劳作，则是他活着和好好活着的意义。父亲珍爱土地，刨地时比一般人都要精细，左一遍右一遍，乐此不疲。沉醉时还会伸出手来，把镢下的泥土捏上一捏，然后面带着会心的笑。我曾多次和父亲一起劳作，同样躬身于松软的泥土堆里，只能看着父亲手中挥动的镢头，叹息不止，使动镢的，唯父亲也。那时我看着父亲把镢举过头顶，似乎一把长柄铁锤，在大地上舞动，整个大地都被颤动起来了。耳畔味味的声响，恰如大地开花的吟唱，滚圆的汗珠顺着父亲的脸颊还有黝黑的脊背滚落下来，似乎一个个沉甸甸的秋天就从镢下奔涌而来。镢有时遇到石块，还会迸出火星来。而父亲那由直到弯的脊梁，这时也会像张大地之弓，弹出铿锵的声响。

父亲的一生，就是这样一镢一镢地，重复着一个动作，劳作，白天与黑夜，春天与冬季，被他刨碎又重新组合。镢变得愈来愈锃亮，大地亦愈来愈肥沃，只有父亲渐渐老去。但他那手握镢头抡向半空的瞬间，却成为烙印在我心上的画卷。

父亲把一生交给了镢。他的庄稼在村里总是头等，产量最高。这是父亲最开心的事了。他把与土地劳作，当作生命的功课，当作人生的苦乐之源。悲哀的是，父亲完全不顾时代的进步，机械化种田早已席卷乡间，他却依然固守镢、犁铧等农具，坚守原野。望着他那凸驼的腰背、斑白的两鬓，我劝说父亲放下镢，但父亲依旧我行我素，一把镢，终日盘桓在乡野里。老家，满屋醒目的镢、犁铧、锄、镐等。我似乎明白了父亲这一生已经和农具合二为一了。

父亲在乡下劳作，我在城里摸爬滚打。那些水车、连枷还有暗藏着麦香的镰刀、石磨啊；还有忠诚敦厚的耧子等，于我渐渐模糊，可我依然感受到乡村宁静的岁月和安稳的日子。精彩的世界之外，我们发现，离心脏最近的不是城市的喧嚣与繁华，而是有着"稻花香说丰年"的静寂乡村，那才是我们的根。

生活课

写写刨子

村庄是有灵魂的,不是说几间草庐的并列,上升几缕袅袅的炊烟就是村庄了。秋风一伸出金黄的手,向田野召唤,农人和乡野立马生动起来。这时,你就会发现村庄浓浓的村味四散漫溢开来。村里村外,阡陌乡场,遍地是失散的金黄的稻穗和打场后留下的稻草,似乎分娩的稻草倒在大地上,像妩媚的女人,等待着男人温柔的拥抱。你看,不知风情的乡村孩子们,在夕阳的柔光里,玩起了过家家的游戏。此刻,只要你稍微探望眼,沿着屋檐或者屋檐前的树看去,你一定会惊呆了。在稻草垛的不远处,一对村姑、村哥正在屋檐角旁的那棵椿树下手牵手说悄悄话呢。而最令人瞠目结舌的景致是无数的大芦棒子用包衣缠绕在一起,手拉着手,顽皮地冲着农人笑呢。憨态可掬的笑容里,露出一行行金黄的牙齿。从大芦粒的光泽里,我们读到了那晶莹的喜悦。有的骑在树杈上,耷拉着两条腿,有的躲藏在屋檐下,偷听农家的心事呢,还有的大芦棒子没有来得及牵手,酒醉倒在门前,看着农人蚂蚁搬家似的忙个不停。

这是农家一道颇为喜人的风景。农家日子的味道、乡村的味道以及人生的况味,似乎都凝结在这金黄的成群成群的大芦棒子身上了。白天,是金黄的太阳,照亮着农人的汗水,夜晚,它们就是升腾起来的红灯笼,照彻着农人回家的路。

这就是大芦棒子的光芒,点燃着农家火红的日子。我们这地方叫大芦棒子,其实它又叫玉米、苞谷、苞芦、玉蜀黍、大蜀黍、棒子、苞米、苞谷、玉菱、玉麦、稀麦、玉豆、六谷、芦黍、珍珠米、红颜麦、薏米包、苞谷等。各地有各地的叫法,各地有各地的风味。一粒粒饱满的粒子,浓缩着岁月的精华,喂养着小村贫瘠

第五辑｜消失的农具

的日子，让我们强健起了筋骨，壮实了头脑。农业是国家的根本，农民是国家的血液，每一座高楼大厦，每一个繁华富裕的都市里，怎会少得了农业的影子和农人的艰辛。城市以及城市的人，只不过是农人从旷野里甩出去的一块会飞翔的泥巴。

在一个遗忘的冬天里，我和大芦刨子第一次相遇了。朴素的脸庞，似乎与破砖碎瓦没什么两样，置于墙角，纯粹是一块褐色的砖坯。让人更为诧异的是，没想到就是这样的一个物什，却主宰了整个冬天的情趣。

我们这里把它称作大芦刨子，顾名思义，一种专门用来剥大芦粒子的农具。把原木剖出两半，剖开的一面挖出槽沟，中间挖一个比鹅蛋大的方口，以便漏下大芦粒，再在槽口边上嵌入一颗钉子，尖头朝外，锋利无比。钉头在弧形槽子的中间又略高于弧形的表面。当大芦棒在上边滑动时，铁钉正好刨下棒上的玉米。被刨下的玉米粒，也顺着刨子上开出的窗口倾泻下来了。

农人总会在泥土与日子的搏斗里创造奇迹，如这大芦刨子。大芦粒子在瓤子上团结得很紧密，原先农人纯粹靠大拇指剥的，一夜下来，大拇指及手掌通红通红的。而大芦刨子的出现，给剥大芦粒子带来量的飞跃。这大芦刨子，就像牙签一样，在大芦整齐的牙齿上，用尖锐的齿剔出一行行间隔的空槽，然后再用手轻轻一拧，大芦棒上的粒子就利索地脱落下来了。

脱去粒子后的大芦棒子，晒干了，农人总会留到清闲的冬季作取暖的燃料，就在冷天里围着火盆，守岁，听老人讲那过去的故事。那是冬季里一道温馨的风景。

乡下人家比不得城市人家，没有冷漠无情的防盗门。他们就像从东家跑到西家的老鼠，一家人不说两家话。门是敞开的，火盆里的火是暖着的，桌子上的茶还飘着清香。一家人刚吃完晚饭，遛门的人就来了，正巧赶上主家剥大芦棒子。遛门的人很熟练地搬个板凳，围着火盆坐下，嘴上夸夸其谈，手里则不自主地也跟着剥起来。少则一个，多则四五人，大家在一起东家长西家短、天南海北地聊起来，手里也不闲着，用大芦刨子刨的，下手剥的，拿大芦棒子的，分工协调，整个一个标准的生产线哪。她们会谈起谁家的闺女好看呢，看那腰身，迷死人呢,谁家的男孩俊俏啦,家底子也不错,嫁过去会吃香喝辣的。有时也会说些乡村里发生的风流韵事,说得津津有味,时而叹息连连,时而传出爽朗的笑声,把窗外树枝上的积雪都震落下来。但是手中的活——大芦棒子却在一根根减少,一堆堆大芦粒子呈现在大匾中央。

冬季围炉剥大芦棒子,也是化解矛盾、和谈的好时机。谁和谁要是白天结下的疙瘩,挑个这样的时机找上门来,边剥大芦棒子,边蜻蜓点水地唠起来。哎哟,她二婶啊,昨个我说话有点过分呢,您可别跟我一般见识啊,您大人不记小人过,宰相肚里能撑船,不会和我计较吧。说什么呢?她三娘,我可早就忘到脑后去了,你还记着哪!

接着双方咯咯咯地大笑起来,还差点岔了气呢!

犁 之 情

陷落。坍塌。我越来越深陷于农具的落寞中了。隔着各种纸醉金迷的灯火、颓废迷茫的脸庞、红色的头发、紫色的唇,还有泛滥的吻,怀念其乡间墙上深挂着的犁铧了。这木质与泥土的武器,裹挟着大地与生命的气息,在寂寥的乡野上游走。今夜,犁,让我沿着秦时的明月汉时的土地,沿着锋利走回历史的阑珊处。

乡间,无垠的旷野。作为一种古老的农耕用具,以牛牵引用于翻土、直立行走的犁,这个人类社会发展史上最重要的农具,中国农耕文化的活化石,画出一道历史的光芒。追溯犁的前身,它的乳名叫作耒耜。耒耜,古代的一种翻土农具,形如木叉,上有曲柄,下面是犁头,用以松土。据传由炎帝首创。《易·系辞下》载:"神农氏作,斫木为耜,揉木为耒。"《说文》中云:"耒,手耕曲木也。"

《礼记·月令》记载:"天子亲载耒耜""耕者忘其犁""纵有健妇把锄犁"。犁的历史悠久,它经历了四五千年的风雨历程。据悉,我国春秋时代就开始用牛拉犁耕田。

在人类还不能真正挺起腰杆走路时,犁,只能借助自然的造化,向山石要锋利。石犁,是他们最早的农具,接着木犁、铁犁。人类在匍匐行走的时刻,似乎就读懂了大地的重量。在笨拙地膜拜之后,从直立行走的直辕犁,到今天我们常见的鞠躬尽瘁的曲辕犁。

读犁,利下面是个牛字,注定牛是大地的服役者,成为大自然里最重要的开拓者。犁由牛轭、犁杠、缰绳等构成,铧,是犁的末端部分,是进入泥土的铁,是解剖田地的手术刀,人类伸长的手臂,一双在泥土里刨食的筷子。

当我们在记忆的深渊里解读犁时,我们不能不崇敬我们的祖先。犁最智慧的地方,一是犁壁,即安在犁后面立起的铁片,光滑有斑纹。犁壁有单面、双面之分,单面可向一个方向翻土,特别适合不需开沟起垄的水田,而双面犁壁则可同时向左右两面翻土。这样,耕犁的功能除了松土外,还兼有翻土、碎土的性能。另一是扶手,丁字形的扶手,经年与农人并肩作战,驰骋在大地的战场上,把粪土、种子埋在土里。粗糙的木器已深深烙上农人的手纹,光滑、闪亮,汗水浸过,岁月泡过,带着农人的体温,融入原野的命脉。

犁,不由得让我们想起两个词语:"犁旦""犁明"。天将亮未亮之时,又被称为"犁明",即"黎明"。犁田的农人,日出之前就已开始劳作,故"拂晓"也被称为"犁旦"。《史记·南越尉佗列传》:"犁旦,城中皆降伏波。"人类的日子不正是犁翻开的吗?

犁是让人尊重与敬畏的。不要小觑这木与铁的组合,如果把农具排行的话,犁应为农具之首。对着土地佝偻身躯,不是软弱,不是屈服。那是对土地的虔诚,膜拜对农人的坚贞。它耐苦、执着和坚毅,像动物界中的老虎,一旦拉到旷野,就是它驰骋的天下。荒芜的田野上,犁,一支如椽的大笔,在农业的稿纸上写下春华、秋实。

当夜色渐浅,晨光未开之时,大地一片寂渺。农人已打开夜色的大门,走向

生活课

旷野深处。沉默的牛拉着憨实的犁,掀动的泥土混合着春天的水系,滚动的声音,宛如阵阵春雷。一个生于泥土葬于泥土的农人,一条无言忠实的牛,一把传统的曲辕犁,在时间与空间里,开垦着原野、炊烟,还有整个农人的生存。人与田野,人与牛,人与犁,谱写着大地的历史。

吾父辈农民。父亲的那张犁至今在老家的山墙上。空荡荡的老屋,一张弯曲的犁,却布满屋顶整个的天空。奔走的犁,空旷的野,还有激昂的号子,瞬间沿着弯曲的犁柄,沿着农事的经脉,汹涌进来。细细抚摸着犁,想象祖先们是怎样握着犁把,摇动犁铧,犁出了一页页人类灿烂的生存耕耘史。

顺着犁指引的方向,我离开了生我养我的田野,离开了在乡间劳作的犁。但当我偶遇犁时,仰望它,我依然能够感受到祖先汉子们握着它时内心的欣喜与希望。同时,我也感受到了犁的沉重。这是一种穿越了数千年甚至数万年的沉重,土地的沉重,日子的沉重,多少农人曾经披星戴月、挥汗如雨,以生命为犁铧,以岁月作为他们辽阔的旷野。他们,像犁般把头颅一律向下,呈现一种扎入和开垦的姿势,一种努力深入的姿势,深深埋入土地的怀里,吮吸大地的精华,喂养一个金色的年头。于是,人类的历史就深入了文明,深入了繁衍昌盛。

对于土地,农人是上苍派来的最忠诚的读者,从泥里生,又回归于尘土,只有他们,才懂得大地的心情,才能与大地默契交流,只有他们才珍惜土地,感恩土地,精心侍弄土地,只有他们才把土地当作命根子,生死相依。

而我们生活的城市里,农人是落伍的一群,喑哑的一群,泥性的脚踩在战战兢兢的斑马线上,他们却感到生命的道路上随时随地会亮起红绿灯。到处弥漫着的是奢靡、挥霍,到处充斥着显贵富豪们的吆喝狂笑和一掷千金。曾经,他们用赤色的胸膛垒砌了田野的高度,如今,城市用钢筋水泥的冷漠迎接他们,包括那张犁,甚至包括它犁过的上下五千年甚至更长的历史,纵横八万里甚至更广的史册。

城市是拔高的旷野,高楼是长高了的庄稼。今夜,就着日光灯的光芒,我扒开城市的缝隙,去阅读,去思索;水泥是泥土的前身?钢筋是农人的背影?陶渊明诗云"秉耒欢时务",看淡了功名利禄,红尘滚滚,也许心中自有一片旷野,供生命去犁铧。

　　正午时分,旷野中,一赤裸着上身的农人,一手扶犁,一手扬鞭,正驰骋在原野上,此刻,阳光如瀑,四周弥散着泥土、种子和野草的气味……

纺　　车

　　纺车,乡村女人持家的工具,它是乡村厚重历史的装订者,一根温暖素朴的线,连缀着五谷飘香的日子。有纺车的日子总是让人心生温暖。

　　纺车最早记载见于西汉扬雄的《方言》,记有"缲车"和"道轨"。古代纺车按结构可分为手摇纺车和脚踏纺车两种。手摇纺车据推测约出现在战国时期,也称軠车、纬车和缲车。常见由木架、锭子、绳轮和手柄等部分组成;脚踏纺车约出现在东晋,结构由纺纱机和脚踏部分组成,脚踏机由曲柄、踏杆、凸钉等零件组成,踏杆通过曲柄带动绳轮和锭子转动,完成加捻牵伸工作。手摇纺车的图像数据在出土的汉代文物中多次发现。纺车与苏北是有很深的渊源的。让人惊喜的是,目前最早的图像数据竟然就是苏北出土的东汉画像石。纺车烙印着苏北农人古老而又荣光的史册,历史的经经纬纬,都是纺车织就的!

　　纺车在日子中占据着重要的位置。在苏北,它是农家女一件重要的嫁妆。新媳妇上门,纺线是女红中一项重要的考验。纺车到新郎家后,新媳妇当晚试车。邻居亲友等都会来观看新媳妇的纺纱技艺。

　　在我的记忆年轮里,纺车一直是燃烧的火把,经年保持着火的温度。木质的农具,在时间的疙瘩上打了个生命的绳结,用一丝丝棉线,穿过劳碌的日子,缝补着属于生存的衣裳,遮住身体,遮住贫穷,甚至遮住属于生命的温度。

　　生长在乡间的纺车,是最素朴的简单机械,以至还原到了生命的原生态,以

生活课

树的面目呈现在时间的大地上。你看,基座是从树上才砍伐下的,手摇纺轮是坚硬的果树木料,就连梁子即轮轴也是上等的木料完成的。木质的纺车,全身透出一种与生俱来的温暖,从农人的手心,穿过手臂,穿过肌肤,直抵达心脏。一丝丝棉线,缠绕在纺轮上,似乎一只巨大的春蚕,在包裹着褴褛里的农人。

　　我惊奇于我的父辈们,在饥寒的年代里,居然自给地玩转起纺车来。在乡间,用最古老的方式在上演粗糙的生活。没有科学的技术,也没有艺术的佐料,只有一盏如豆的煤油灯,一间斑驳的牛屋,照耀着夜晚纺织的情景。我更惊奇于母亲的高深。放线看似简单,却也是一项技术活。大字不识的母亲,硬是凭借着对生活的劳作解读,织出了乡间的布料。母亲曾经在回忆的夜晚里,就着溶溶月色告诉我,要纺线,首先是绞棉花,目的是把棉籽与棉絮分开,绞出的棉絮俗称"棉瓢子";然后是弹棉花,竹篾铺在门板上,放上棉花,身背弓弦,弯腰让弦紧贴棉花,手持榔头弹打弓弦,弓弦的跳动使棉花蓬松起来,弹好后就用竹篾将棉花卷成一筒;接下来就是纺线,线纺好了才能织布。母亲说纺线时还要注意搭配。纺车摇慢了,线抽快了,线就断了,或者是毛卷、棉条拧成绳,线就打成结等。然而就是这样复杂的配合,母亲居然做到了。白天放工,晚上回到牛屋纺线,一支支乡谣就在纺车的伴奏里,飘荡在夜晚深处的村庄。

　　我没有亲眼看见母亲放线的夜晚,但我能想象出在昏暗的乡村里,母亲摇纺车的情景。那是一幅温馨的图画,橘黄的煤油灯下,孩子坐在纺车旁边写作业,母亲右手握住摇把,左手则将棉花捻成细长棉条,缠绕在锭尖上,在纺车与棉条的推波助澜里,一道裹着温暖的细流盘桓在母亲的身边。在那个经济困难的年代,乡间几乎都是靠着纺车来自给自足。母亲纺出线后,再用它来编织大布粗布,尔后拿去染成黑色,再缝制成新衣。这样逢年过节地赶时髦穿在我们的身上,让人眉飞色舞。这种自己制作的粗布麻衣,又粗又硬,穿得久了,就会慢慢地褪去原来的颜色泛白起来。但是穿得愈久,布料就由原来的粗硬变得柔软,就更舒服。

　　劳动布一词也许就是出自这纺车的功劳吧。童年时我穿的衣服最多的名词就是它。浆白的、厚重的布料,穿在身上,不仅沉重、不保暖,而且异常咯人。就

是这样的衣服,我也保持着怀旧的情结,因只有大姐、二姐们穿小了,穿坏了,再改装下,烙上几块补丁,然后由我穿在身上。

我曾到过西溪湿地的烟水渔庄,在江南看到了纺车,还详听了那"桑蚕丝绸的故事",领略到了往昔江南女子的心灵手巧和勤劳质朴,以及中国丝绸的文化深韵。在纺车面前,我凝神许久。成为装饰或者风物的纺车,让我沉思在那古老的深夜,天地一片寂静,在微弱的烛光中,母亲摇动着纺车的画面。千百年的光阴,由一条长长的蚕丝线无限地延伸,为人间织一件梦想的衣裳。

乡间的日子就是纺车的日子,就这样被母亲们温柔地轻轻摇动着,日子的磕磕碰碰,也就是这样一点一点被母亲们慢慢织成温暖,弥漫着我们的一生。生命的故事就这样被慢慢编织,由丝到线,由线到布,由布到衣……你或许可以简单地扯断一根线,但是你却不能随手扯烂一块布,那一丝一缕里,织尽岁月的况味。

如今,纺车渐渐落满尘埃,可有谁能从那一针一线里看见母亲温暖而满怀期望的双眸?是否还能感受到有一根根叫作勤劳、坚韧的棉线正不断地缠绕着我们的今天?

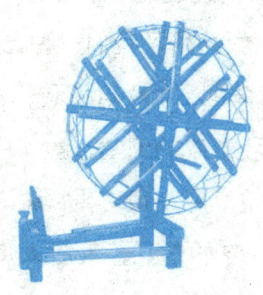

生活课

 **草垛上的木杈**

木杈，温暖的农具，是农人握在掌心的火把。

沿着一棵树走进村庄，你就会发现，那最坚硬的木棍，弯曲的坚挺，是木杈，是农人撩拨着岁月沉重风铃的骨骼。忙碌时与草依偎着，闲暇时则与山墙依靠着，好似静默屋角里沉默的蜘蛛，在时光的温床上编织梦乡。

"杈耙扫帚扬场锨。"杈子，分铁木两种。铁叉是木把，木杈为一体，叉有三叉四叉，用其把碾脱后的秸秆翻抖一遍，叫翻场。待秸秆确无谷粒，再挑到一边垒垛。木杈与铁叉不同，它抵达温暖，抵达生命意义上的温暖，那种厚厚的温暖。把木杈握在手里，似乎一只强有力的手臂，只是没有疼痛。确实，它在父亲的手里，就是一只没有痛楚与悲伤的大手，在朝着日子的旷野上，囤聚着草垛深处的炊烟。

在乡间，堆草垛是一桩男人活，木杈就是打造乡村男人的标杆。乡间的男人，从泥土里爬出来，对草垛有着深刻的注释。在粮食前脚走进家门，草垛后脚就跟来了，但它不会进家的，因为它需要木杈的引领，带着一种对火热生活的渴望。踞守在家前屋后，像温顺的狗远远地守护着民居。如果说丰收的粮食给了我们肉体一种物质上的温饱；木杈却给了我们一种光与暖的碑。

木杈是有心计的家伙。童年时，木杈给了我们柔软的草垛，把我和草垛捆在一起，它是我淘气的房子，是我游戏的天堂。童年的迷藏、母亲的批评，都被我藏在这松软的草垛里了。我曾用草垛来藏鸡蛋，骗取乡间诱人的麦芽糖；我也曾在草垛上设陷阱，捕捉那胆大好吃的鸟儿。最令人痴迷的是，夏日的林间，夕阳从茂密的枝丫间钻出几瓣光斑，我握着木杈，在起起伏伏地拨弄着稻草，金黄的

第五辑 消失的农具

分娩后的稻草啊，沉醉在干脆脆的阳光里，宁静、祥和、诗意。这来自大地的恩赐，和父亲辛勤的劳作，演绎着一支农家的小夜曲，优美与恬静。

而对父亲的敬畏，就是源于这柄小小的木杈了。

也许父亲对木杈比我有更为深刻的记忆或者诠释。捡拾起人间烟火的，就是这生于泥土，消失于烟火的木杈了。在他面前，木杈是那样的神圣、庄严。平时玩耍时要是弄坏木杈的枝条，总会遭来父亲的责打。父亲最值得自豪的就是用木杈堆草垛，这在乡间，是个真正农人撑起门楣的宣言。村人眼尖，对草垛有着深刻的理解。草垛的大小好坏不是简单的问题，它涉及一个人的尊严和今年的收成。从草垛的大小，农人就可以知道你家今年的粮食情况。庄稼人个个是好把式，否则会让人瞧不起的。而承担如此朴素重任的，非木杈不可。

稻草晒干之后，父亲就开始用木杈堆草垛了。父亲对草垛很有讲究，既要防水，又要防风吹倒。为此，父亲把从湖里打来的玉米秆扎好，排列在底墒作为地基，然后从四围堆起，不要向里缩，然后齐展展地披盖着，一层又一层，只有这样，草垛才会堆得又结实又饱满。好的草垛，有时可以保持上好几年呢。

站在高高的草垛上，父亲挥动着手中的木杈，对着跺旁的母亲吆喝着，仿佛把一年的丰收吆喝出来，唱响成乡村庄稼的摇滚。那一刻，我感到那柄木杈，是战斗的指挥刀，是守望旷野的思想者。在叠加的草垛中，把村庄掩进深邃的秋色里。

也许在父亲看来，草垛是他的粮食、炊烟，是他生命中的温暖！而普通的木杈，这从乡间的树上随时随地都可以制成的木杈，就是支撑着父亲行走的拐杖，搀扶着曾经脆弱的日子。然而，对迷失在纸醉金迷的城市中的我们来说，木杈对我们意味着什么？我们生之于土，死之于土。养大、暖大我们的不是都市的柏油马路，也不是水泥和钢筋的建造，而是我们熟悉和亲切的乡村，是我们孕育生命的襁褓和血脉。其实，城市中的每一个人，谁不是农民的儿子，乡村的子孙，篱笆、菜园、犁铧和袅袅的炊烟，都是我们命里的风景，我们精神的家园，它时刻召唤着我们、反刍着我们，找回失落的勤劳、善良和坚毅的品质。霓虹灯下，我们的心荒芜了昨天的庄稼了吗？也许，在行走中，我们会不知不觉地失落了庇护我们的木杈和原始的根系。都市的繁华或许不是我们的天堂,但木杈却是我们最后的精神归宿!

乡场上,金黄的草垛上,木杈是父亲精神旷野的一棵树,回到乡村的我们,一群回归的鸟们,在阳光下,对着春天唱响生命更迭的歌!

独 轮 车

独轮车,又叫独轱辘车、手推车,在乡间,赤裸着蹒跚在泥泞的乡路上。

最先触摸到独轱辘车,是从诗句里行走的。
以单独的轮子
刻画在灰黄土层上的深深的辙迹
穿过广阔与荒漠
从这一条路
到那一条路
交织着　北国人民的悲哀

咿咿呀呀的声响,木质与力气的摩擦,是骨头与肉体的挤压与挣扎。在它走过的身后,是大地根根暴起的青筋,是缠绕于大地胸脯上的绳索。

农具,是农人的血与汗喂养的,包含着火的温度与泥土的朴素,木质的内核,让人一下子走进深处。独轱辘车也不例外,实木制的,狭小的车头,梯字形平拱的身体,终日躬身在乡间的道路上,负责着季节轮回的运载。两条车把呈外撇八字向后伸展,似敞开的怀抱,车轮中间为木轴,有十二根木辐条协调力点。它的轮子高于车盘,将车盘分成左右两边翼,车子可载物,也可坐人,但两边必须保持平衡。在两车把之间挂"车绊",驾车时绕在脖颈上。

独轱辘车,因一轮子着地,只能一人推。对于生手来说却极易倾覆,而那些熟练老手有胆又有识,则平稳轻巧。据有经验的车夫说,推好独轱辘车就要善于掌握平衡,而掌握独轱辘车平衡的关键,是善于扭动屁股。"独轱辘车,不用学,全靠屁股扭得活",说的就是这个窍门。

独轱辘车,是一切车辆的始祖,始从西汉末年。开始叫"辇",也称其为"鹿车",《风俗通》中说"鹿车窄小,载容一鹿也"。后北宋沈括的《梦溪笔谈》才称其为手推车。现四川人叫它"鸡公车";江南人则喊它"羊角车",而苏北人则称之独轱辘车。据考,三国时蜀国丞相诸葛亮在《三国志》里确实记下"木牛流马,皆出其意",木牛流马就是独轱辘车。宋代高承撰《事物纪原》也将造独轱辘车之功归于诸葛亮。宋应星在《天工开物·舟车》中描绘并记述了南北方独轱辘车之驾法:北方独轱辘车,人推其后,驴曳其前;南方独轱辘车,仅视一人之力而推之。说到独轱辘车,不由得联想起苏州散文大家车前子先生,笔名是否源于中药谜语:独轱辘车前一把草。说的是车前草(中草药名),又称车轮草,看似平凡泼皮之物,却包含着人生的大度与平淡,一切繁华过后终究归于平淡。

独轱辘车,在农人的世界里,是沉默的脚力,沉重货物的承受者,家中唯一不吃不喝的伙计,是穷苦人家最贴心的帮手。

在乡下,每到冬日赋闲时,生产队就会发动群众满村收缴家肥。村头巷尾,坑坑洼洼,曲曲弯弯,牛车是无法通过的,正好独轱辘车派上场了,咿呀的声响似乎是丰收的前奏。而到了收山芋、玉米的时节,依旧是独轱辘车的天下。一篮篮山芋骨碌碌地滚进车兜里,父亲或者母亲稳稳地握住把手,拴着红穗子的车缰绳搭在脖子上,一声吆喝"哎",独轱辘车便吱扭吱扭地走开了。堆着小山似的山芋车子,一路洒下父辈的汗水,还有幸福日子的希望。

真正让独轱辘车子风光的还是小村里的俏新娘。在乡下,没有轿车的年代,独轱辘车子是农人最实惠的选择。和煦的春风里,穿红戴绿的新娘子得意

生活课

地半坐在独轱辘车上,头上盖着红盖头。鲜艳的嫁衣和赫黄色木质的独轱辘车子,在颠簸的歌谣里,走进了村口。四野是碧绿的田野,间或还有大块大块的油菜花地。那一刻,一地的喜庆,一村的喜庆,一空的喜庆啊!日子的美好、未来的憧憬、家境的和睦仿佛全都凝聚在这独轱辘车子上了。

小村的老人爱坐独轱辘车。逢集赶街,总喜欢让老头子掌车把,老婆子坐在车上,一路赶街。有爱时髦的老人呢,大都喜欢身侧着坐,和推车的老伴,或者熟人边走边说着话,土路软绵绵的,温馨的话语轻轻地,那份浓得化不开的乡情,一时间在独轱辘车的周围弥漫开来。

如今,独轱辘车已成为乡村旅游中的古老文物了,没有谁再用独轱辘车接人运东西了。在渐渐逼近的幸福日子里,独轱辘车仿佛早已完成了历史赋予的使命,消瘦甚至枯槁,以至化作乡间一堆柴火、一缕青烟罢了,但独轱辘车的生活故事,却刀刻斧凿般烙印在岁月的墙壁上,且愈发清晰、闪亮。

第六辑／**温暖的草垛**

生活课

乡 村 年 味

　　随着鹅毛般大雪铺天盖地地涌来,中国传统的春节也翩翩而来了。乡村的年味,这应是信息时代里相对都市人来说,一幅古朴和喜庆的画图,充满着人文的质朴和深厚的情愫,犹如一次远距离地对古老悠久的年味的游历。

　　那一株燃烧的红梅,是点燃乡村早春的情愫,盛装的姑娘和小伙子新年的眉眼,而火红火红的鞭炮,是新年最具吉祥的祝福。在甜蜜的日子里绽开的笑脸,还有那沾满民谣的桃符,都化作了乡村诗人笔下的年景和音符。

　　忙碌了一年的农民,从田间下来,褪去一身的疲倦,走进了花灯龙戏的团簇中,以灿烂的舞姿表达对远方的希冀;被校园放逐的童心,带着稚气和天真,询问龙的传说羊的童话,于是,乡间空落的禾场上,一幕幕悲欢离合在乡村上演。

　　最热闹的要数元月的农家夜,元月的民谣点亮乡村不眠的灯和家家户户的亢奋与欢乐。灶膛里燃着一家的灼热,蒸年糕、打豆腐、酿米酒、炒蚕豆,花生的浓香把小村熏染得芳香醉人。而妙龄村姑与秀气女人盘坐于炕头上剪窗花、制灯谜、贴年画,把古典的庄园装扮成了人间仙境。门旁木桩上的一串串红辣椒呦,像一盏盏小彩灯,照亮着农家的心事。而背井离乡的打工仔,站在冷漠的城市丛林里,拟好了今夜的家书,他们灼热的目光,穿透故乡门口悬挂的春灯,穿透除夕的月色,他们在母亲丰盛的饭桌上,送上一道充满酸甜苦辣的年菜。

　　乡间的天空,是新年唢呐吹亮的晴朗,迎亲的队伍,如龙般越过山岭,那大红大紫、大吹大擂、大呼大叫,是农人释放的狂欢,是民谣的狂欢,是生命呈现的舞姿。新娘子那一掬浅浅的笑,把乡间笑成最难忘的生动。

　　乡年,就是亲切的乡俗,甘醇的乡情,醇厚的乡音;乡年,是一条延伸进春

天的藤蔓,给浮躁的市井一丝亮色,给疲惫的心一次滋润,给冷漠的灵魂一次洗礼;乡年,是心灵的一剂上好的良药,享受它,将使你永远保持着人生翠绿的枝枝叶叶。

淮　　河

是我远离家乡的乡路吗?

梦里他乡,踏步在寸寸肝肠上,谁是我日夜牵肠挂肚的人呀!

守望在异乡的枝头,淮河,是娘瘦瘦腰身里的一截蓝布裙,是阿姐头上的一根红头绳,是爹嘴里吐出的一丝丝的思绪。

沿着淮河的走向,村庄弯弯曲曲,在季节的深处,把自己消失了。连同我儿时的新娘,一同消失在了无色无声的苍茫里,闪亮在心头的是寂静熟睡的少妇,朴素苍老的母亲。

如果说淮河是家乡的一只眼睛,石堤为岸,芦苇为眉,头顶上方的明月是她的眸子,那么,一个从她身旁流浪的少年,就是那颗经年滴落不下来的泪滴,潜行在城市的季风里。

人生的岸线上,风尘仆仆的我,追逐着遥远的地平线。在梦里醒来,在现实中跌倒。但我从不敢轻易打落随我一起漂泊的灰尘,更不敢轻易挥洒纷飞的泪雨。唯恐丢失故乡每一粒铭心刻骨的种子,在灯红酒绿的人行道上迷失了最初的方向。

我算不上是淮河最忠厚虔诚的好儿女,在你哺育我,助我完成我的飞翔之后,我独自逃跑了,像一个逃兵。其实,在岁月的怀抱里,我多想是您记忆里的一朵浪花,拥有夕阳的金光,拥有银色的鳞片,遨游在辽远的思想里,浊浪滔天,卷

起千堆雪。

　　淮河,生命的故乡河,在我看不见听不到想不出的日子里,你是带钩的鱼刺,剖开我苦恋的形状,割断我生存的动脉,直到血液流淌,直到血液汇聚成河……

　　今夜,我回到你的身边,凝视着故乡的河流,谁是我望穿秋水的伊人,把秋天和家园一起生动起来。

守 望 平 淡

　　4月的黄昏,我是最心有余悸的。走在广袤的原野上,凝视着那漫天卷地的油菜花,盛开着硕大的花瓣,开得淋漓尽致的样子,让人惊魂,仿佛开到了生命的极致。在夕阳的余晖里,在黑夜来临的逼近里,猛然间,我感到不由自主地一阵战栗。是残酷于那行经典的诗句"夕阳无限好,只是近黄昏"吗? 也许,面对眼前绚丽的油菜花,这怒放的姿态,我一时间还无法理解它尽情绽放的理由与蕴含。它是否知道,黑夜马上要为黄昏落幕的,绚烂的最后终究是平淡的结果。一切大红大紫之后,都要回归于平淡,从尘土中来,又回到泥土。生命点燃的缤纷,恰是天空里那瞬间呈现的彩虹。可惜,这些金黄的油菜花啊,为什么在经过一冬的储备、孕育和营养之后,用生命去张扬春天的深邃?

　　前不久,偶然间读报,得知1987年版电视剧《红楼梦》中林黛玉的扮演者陈晓旭在长春百国兴隆寺剃度为尼,法号妙真,皈依佛门。这位在《红楼梦》中扮演林妹妹的青年演员早就随着电视剧的热播红遍大江南北,也因此成为家喻户晓的人物,备受瞩目。没有想到,涉足商海后事业成功的她,却选择了抛弃亿万家产剃度出家。

"出家是转换新的身份。每一个人都有自己的志向和使命,我的选择是由于机缘成熟,更重要的是为了向释迦牟尼佛学习,提升智慧、教化众生。佛教就是佛陀的教育。"妙真法师如是说。

曾经的姹紫嫣红,转瞬间却化作凡尘一缕,伴着青灯古佛,诵读经文。这是不是"繁华落尽见真淳"?还是驱除杂念,返璞归真,从绚丽回到平淡?

作出这种选择的不只是陈晓旭一人。中国近现代文化的先驱李叔同——弘一法师,一个诗酒风流、才华横溢的"翩翩浊世佳公子",一变成恂恂儒雅的艺术家,再变成了简苦自持、弘扬佛法的"头陀",完成了从绚烂到平淡的人生抉择。还有以一曲《青藏高原》闻名大江南北的歌星李娜,到张家界的天门寺削发为尼。成名后的李娜,请她唱歌、请她录VCD、请她上台领奖的邀请络绎不绝,可她却厌烦了这纷繁的世界,一挥手把人间是非丢得干干净净。

在天门山,人们看到李娜亲自在小镇上买了鞭炮、纸钱、香烛,到达山麓水库边,天门倒映水中,构成一幅极美的图画。李娜焚香化纸,将一炷香高举头顶,面朝天门长跪不起。她的脸色是庄重的、虔诚的。此刻,噼噼啪啪的爆竹在山谷鸣响,人们看到了李娜眼角的泪珠。李娜说:"我听到天籁。"每当旭日在天际划出一线红,李娜即"闻鸡起舞",对着朝霞天风,练啊,唱啊,那嗓音冲破云层,冲出峡谷,与霞光碰撞。这时,她突然悟出了天门山寺那副古联"天外有天天不夜,山上无山山独尊"的深刻内涵。对!艺术的追求就是要达到"山上无山山独尊"的极致。也只有这种博大的心胸,才能使自己的"音乐元素"得到升华。李娜曾与友人谈过人的四种境界:一是衣食住行,那是人的原始阶段;二是职业、仕途、名誉、地位;三是文化、艺术、哲学;四是宗教。只有进入第四种境界,人生才闪出亮点。有一次,她在听僧尼唱佛歌时,心灵忽地一阵颤抖。

天门山,李娜终于悟到了音乐的真髓,离烟火远点儿,靠自然近些,也就接近了音乐,接近了艺术。

梁实秋说:"绚烂之极归于平淡。"难道平淡是一种深远的哲理,充满着智慧的光芒?习得中国画精髓的艺术家们都深知水墨画的艺术美,那平淡之美,充满着虚无的空灵,大片大片的留白,留下了宛如平常的艺术想象力,得禅之境界

生活课

也。诸葛亮亦云:"静以修身,俭以养德。"原来,平淡也是一种素养,一种风骨,一种做人的智慧。"君子之交,其淡如水。执象而求,咫尺千里。问余何适,廓尔忘言。华枝春满,天心月圆。"真正的朋友,走到最后,抵达的就是平淡的境地了。

绚烂之极归于平淡,浮华之极归于朴素,喧嚣之极归于无言。人生的最后,何尝不是一个"淡"字?天下熙熙,皆为利来,天下攘攘,皆为利往。熙熙攘攘,来来往往的世人,最后终究回归尘土。

生命短短几十载,为了这虚无的东西,浪费光阴,荒芜年华,得不偿失。唯有以一颗平淡之心,立身,处事,生命才快乐、洒脱起来。

平淡,智者的人生态度。它充满着人生的睿智,大彻大悟,智慧的人懂得世事变幻无常,保持豁达乐观的胸怀,不悲不馁。不沉溺于功名利禄,何有悲哀?大智之士往往不去奢求非分之物,始终保持一颗平淡的心智,对酒当歌,看天上云卷云舒,观沧海沙鸥翱翔!

平淡,暴风雨过后的平静。它充满着对俗世的超然,看透世事沧桑。"不以物喜,不以己悲。"鲜花与掌声总会过去,金钱财富乃身外之物,功名利禄如过眼云烟。人赤条条地来,亦赤条条地去。揭去欲望的面纱,拭去心灵的污垢,以平淡之心看这花花世界,超然物外,看高山流水,听杜鹃啼鸣,人生快事!

平淡,也是一种坚贞的品格。面对纷纷扰扰的世界,面对纸醉金迷的生活,能够宁静淡泊,欣赏星垂平野阔,月涌大江流,悠然忘归。如果拥有平淡,我们将会少了锱铢必较的烦琐,少了明枪暗箭的中伤;人与人之间将会多些投之于桃,报之以李的感恩,多些嘘寒问暖的关怀。

平淡,也是绚丽的高处、人生的至境。它在绚丽之上,无为而至,它在绚丽之下,有为而逐,坦然而从容,抱朴守一,志存高远,潇洒人生。恰如一枚沉浮的茶叶,荡尽纷杂内心的浮躁,心灵被茶香包裹,回味悠长。

温暖的草垛

草垛,乡村独有的风景,在树木和村庄的包围中,星罗棋布地排列着。远远审视,宛如落下民间的太阳,在炊烟升起的地方,守护着村庄;又像一轮董色的太阳,转动着属于村庄四季的轮回,瘦瘦胖胖,残残缺缺,到最后,一些新的面孔出现了,一些老的面孔消失了。然后,草垛依旧蹲在村庄的角落里,默不作声。

从灯红酒绿里走来,我对草垛有着深刻的注释。粮食前脚走进家门,草垛后脚就跟来了,它不会进家的,怕脏了屋子,像温顺的狗远远地守护着家门。如果说丰收的粮食,给了我们肉体一种物质上的温饱;那草垛啊,则给了我们精神上的温暖,一种光的火焰,一种充满祥和和安宁的象征。

草垛遍布晒场、牛圈、阡陌上,偎依着村庄,栖息在炊烟醒来的地方。童年时,我和草垛捆在一起,它是我淘气的房子,是我游戏的天堂。童年的迷藏、母亲的批评,都被我藏在这松软的草垛里了。我曾用草垛来藏鸡蛋,骗取校门口诱人的麦芽糖;我也曾在草垛上假设陷阱,捕捉那胆大好吃的鸟儿。最令人痴迷的是,夏日的乡场上,在昏黄的马灯下,我和少年的朋友们在月光下嬉戏,喷香的稻草和着少年女友的醇香,一起涌上我的肺部和胸膛,让我莫名地汹涌起伏。这来自大地的恩赐,和父亲终日勤劳的回报,演奏着一支农家的小夜曲,恬静而令人陶醉。

对草垛的敬畏,莫过于父亲了。也许对草垛父亲比我更有深刻的记忆或者理解。在他面前,草垛是那样神圣、庄严。平时玩耍时浪费了几根草节,总会遭来父亲的责打。在粮食走进家以后,父亲总要找个响晴的天气,吆喝上我一起把草垛摊开,暴晒在6月的阳光下,使得每一根草上都沾满了阳光的气息。父亲

生活课

说，只有这样，牛吃了，才不会觉得亏待了它。人啊，要是欺负这个从不说话的哑巴，真是要遭报应啊！父亲最值得自豪的就是堆草垛，这在当时是一件多么光彩的事情啊！村人眼尖，对草垛有着深刻的理解，草垛的大小好坏不是简单的问题，它涉及一个人的尊严和今年的收成。从草垛的大小，农人就可以知道你家今年的粮食情况。庄稼人个个是好把式，否则会让人瞧不起的。草晒好之后，父亲就开始堆草垛了，也就是说父亲开始表演手艺了。父亲对草垛很有讲究，既要防水，又要防风吹倒。为此，父亲把从湖里打来的玉米秆扎好，排列在底墒作为地基，然后从四围堆起，齐展展地披盖着，一层又一层，只有这样，草垛才会堆得又结实又饱满。好的草垛，有时可以保持上好几年呢。

草垛在我的生命中，留下了深刻的印记。记得那个年代，农村家家户户都似乎缺柴少草的，我记得我们家的门口也只有矮矮的草垛。俗话云，不怕锅无米，就怕灶无柴。后来，打草，成了我们家一个冬天的主题。为了那高高的草垛，每天天不亮，我坐在平车上，父亲拉着车，母亲在一旁走着，一起走向遥远的团结河去。据说，河水里长着不少芦苇，收割回来，可以作过冬的柴火。就这样，我们早上去，晚上回来，一车满满的芦苇就有了。芦苇收割尽时，父亲又会想出其他办法。房前屋后，树木很多，到了冬季，地上总会落满了树叶，树林里时而还能拣到枯树枝。搂树叶，这后来就又成了我们收集柴火的又一途径了。再到后来，父亲还想出点子，带着斧头、锹等工具，到树林里挖掘伐后的树根，那可是过年烤火的上等燃料。总之，那个年代的冬季，我们家的门前，总会堆积着满满的大小草垛。除了稻草、麦草还有树叶、树根等堆砌成的高高的草垛。在那寒冷的冬天里，父亲的腰杆始终挺得直直的。

也许，在父亲看来，草垛就是他的粮食、炊烟，就是他生命中的温暖！然而，对迷失在纸醉金迷的城市中的我们来说，草垛对我们意味着什么？我们生之于土，死之于土。养大、暖大我们的不是都市的柏油马路，也不是水泥和钢筋的建造，而是我们熟悉和亲切的乡村，是我们孕育生命的襁褓和血脉。其实，城市中的每一个人，都是农业的儿子，乡村的子孙，篱笆、菜园、犁铧和袅袅的炊烟，都是我们命里的风景，是我们精神的家园，它时刻召唤着我们、反刍着我们，找回失落的勤劳、善良和坚毅的品质。霓虹灯下，我们的心荒芜了碧绿的庄稼了吗？也许，在行走中，我们会不知不觉地失落了庇护我们的草垛和原始的根系。都市的繁华或许不是我们的天堂，但草垛却是我们最后的精神归宿！

乡场上是金黄的草垛，草垛上是一片精神的广场，回到乡村的我们，一群回归的鸟们，在阳光下，对着春天唱响生命更迭的歌！

锁

锁，安在门、箱子和抽屉等的开合处或铁链的环孔中，使人不能随便打开的金属器具。一把小小的锁，从昨天到今天，从乡村到城市，我一直迷惘于它。锁，门上的将军，到底在守卫着什么？又能锁住什么？

暂居小城，对锁有着难以忘怀和胆战心惊的情感。每天，我们活在锁的世界里，上学、放学、开门、锁门，总是要把钥匙照顾得好好的，一旦丢失了，或许就走进不了家，就找不到回家的处所。锁更多的定义，是和家密切联系的，一把锁，锁住或看守的就是一个家。令人惊奇的是，锁的变化与演绎，把锁的世界装扮得五彩缤纷，眼花缭乱。什么铜锁、电子锁、铁锁、暗锁和磁锁以及长长的链子锁。再看它的用途，门上上锁，抽屉上锁，宠物身上也上锁，就连学生的日记也都用一把小铜锁紧紧地锁住了。一把锁，似乎隐藏着多少看不见的秘密，一把锁，隔开的似乎是另外的一个世界啊。

我深深地为锁而惊叹啊！

回想曾经的乡村，那个记忆里古朴的乡村，听上辈的人说，20世纪六七十年代，乡村的木门上哪有锁，几乎家家夜不闭户，路不拾遗。无论困窘之家，还是殷实之户，都大开着门户，不用担心财产的丢失，更不用担心谁会去顺手牵点什

生活课

么。正应了那句：东家的讲话西家听，一家的老鼠不说两家的话。家与家穿堂过户，毫无阻隔，有人无人，都是一个样啊。最令人惊奇的是，谁家的大人不在家，门旁四邻就会主动地到他家，上锅台，坐灶下，不一会儿，一桌香喷喷的饭菜就好了，孩子吃过上学了，大人回家，乐滋滋地继续吃饭。一切就是这么自然而然的事情啊！

我常常思考，怀疑，对锁，对我们这个进步的时代。一把锁，从曾经的末名和冷落，到经济繁荣的今天，越发旺盛起来，无孔不入，无处不在，充溢着我们生活的整个世界，和我们的生存空间息息相关。不要说楼与楼，就是对门的人家，双方进门，第一个的动作就是关门上锁，完成了一个封闭的世界。更称奇的，也许相距一米的距离，可两家一辈子也说不上几句话，这到底是锁的悲哀还是人的悲哀？

物质的锁，我们可以理解，保护主人的财产，挡住别人的视线，为主人保守秘密。而精神的锁呢？我们无法明白，人与人之间，为名利，为荣辱，还有那些鸡毛蒜皮的事情以及大千世界纷繁复杂的纠缠，在"人"字的心上加了一把沉沉的锁，它不是金的，不是铜的，而是一把心灵构筑的，需要"心"的钥匙去打开的锁。把关心挡在外面，把温暖挡在外面，把人世间的爱挡在了心灵的门外。

我为锁鸣不平，很多人把人与人之间的隔阂归"功"于锁。其实，锁是人造的，是人把它加在门、抽屉之上的。如果人要是人为地在心灵上加锁，一把无形的锁，谁又能打开呢？

锁的存在，是人之锁，不然，锁还能存在下去？

窝　　篮

从都市一脚陷入乡村,那些走过我生命的物什,在我身上滚动着,蒸腾着,燃烧着。

窝篮,我们乡下孩子生命的温床。每一个从农村里走出来的孩子,都有那段窝篮的时光。只要在窝篮下垫上块石块或者断砖头,手轻轻一摇晃,窝篮就会摇摆上好一阵子。而窝篮里的孩子则会在那悠悠的钟摆里沉沉入睡。

我坐过窝篮好几年,母亲在闲暇时光总会给我讲这样的事情。透过那斑白的头发,母亲的脸上总是洋溢着兴奋的深情。在母亲轻烟般的叙述里,我几乎看清楚了曾经幼小的我生长的真相。我坐在窝篮里,周围是厚厚的被子把我包裹,我戴着花样的帽子,望着屋顶以及梁上的标语。我家的老屋建造得早,父亲特地请了本村的秀才写了几个大字:社会主义好!其实那时的我虽然终日大眼瞪小眼地瞅着上方,但对那几个字我根本就没有停留过,眼里只有空洞、空荡荡的空间。这是每一个农家孩子的襁褓。生命从母亲的怀抱里开始,就是这样迈上征程的,呼吸阳光、空气还有四季。母亲说,只有我哭的时候,她才手扶着窝篮的边沿,轻轻地一晃,窝篮就开始摇曳着,我则在那温馨的晃动里停止了哭声。我不知道那是为什么哭,也许,生命的成长时分,必须要有一个人在证明,证明慢慢长大。

我无法想象一个人终日坐在窝篮里的模样。就像现在我无法做到在母亲身边聊上半天的时光。那时母亲就像一个陀螺,旋转在日子的中央,我的中央。四周围是母亲的马拉松路程。记忆最深的是母亲到户外野地里干活,那是我最无声与静寂的时间。母亲说起那样的事件,总有水一样的物质从她脸上走过。母

生活课

亲说那时我最爱哭。母亲说每次从野外急匆匆地赶回家,打开门上的锁,总会看到我斑斑泪痕的脸庞,还有嘶哑的嗓子。彼时,我倔强地睡着了,只有两只手在高高地举着。母亲说,那是我在找母亲。黑洞洞的房间,静谧得怕人,陪伴我的还有四周叫不出名字的虫子,在黑暗中朝我鸣叫。我哭够了,虫子们就会在空隙间接着吟唱。回到家的母亲匆忙从棉衣下掏出并不充盈的奶水让我吃,我带着哭腔和委屈使劲地吮吸着,我想那时的我肯定不只是饥饿,还有恨不得让母亲抱在怀里的念头。经验告诉我,一吃完,母亲就会马上赶回野地,继续劳作。那段时间里,收获最大的是,就是我学会了和老鼠相处。大人们不在家时,老鼠们从我的嘴上奶水的气味里得到了可靠情报,鲜美的食物在那等着呢。它们迈着轻盈的脚步,从窝篮的边沿开始攀缘,一直爬到包被上,甚至接近了我的脸、我的手还有我的唇。我想挥手,可那时的我是不能挥手的,手不听我的指挥。所以我就大声地哭闹。还好,第一次、第二次老鼠们被我吓跑了,再以后,招数用尽,我就像一只黔之驴,老鼠们不再害怕了,纷纷跑上来和我握手、亲吻,兄弟般,小小的细牙竟然把我的嘴唇咬破了。这是我至今的印记。母亲说起这事时,她说那天她抱着我哭了一夜。

　　窝篮什么时候从我家消失,我和母亲都记不清楚了。但我清楚记得我就是从窝篮里长大的,在窝篮的摇晃中攒足了力气站了起来,走出了家门,走出了母亲的视野。如今,我在回忆窝篮的夜晚,总有水一样的忧伤席卷而来。深嵌着岁月沧桑的窝篮不见了。我眼看着母亲一天天变老,身材也变得越来越小。恍惚里我突发奇想,是不是母亲越来越变得像小孩子了?要真是那样该多好,我要把母亲用包被裹着,放在那生命的窝篮里,由我来摇摆。

一棵苹果树

那时,这儿住着一对年轻的夫妇,女的三十左右,男的也相差无几,两人相亲相爱。

意外的是,有天男的生病了,去县城检查时,发现已是癌症晚期了,时间不多了。

男人回家后,就躺在床上,再也没有起来。

有天男人对女人说,想吃苹果。

男人说这话时,是费了好大的力气的,因为日子紧巴,哪有钱买苹果?

男人说完就后悔了,不该向瘦弱的女人提这样奢侈的要求。

女人跟了男人几十年了,男人从来没有让女人吃上一次苹果。

男人内疚得很。

女人看在眼里,心就隐隐地疼。

女人决心满足男人最后的要求。

女人想了个折中的办法,栽棵苹果树。等到苹果树开花结果,不就有了苹果给男人吃了吗?

女人就从很远的地方,找了好多人,讨尽了许多白眼,终于要了一棵苹果树苗。

女人就在院子的空地上打了个洞,垫上肥,培土,浇水。

女人发誓要把苹果树管好,结出又红又大的苹果。

但女人不懂管理它。

为了这个心愿,女人不惜跑了几十里山路,向果园里的老汉讨教果树培

生活课

育技术。

于是,那棵果树一点一点地长大,一天一天地长高。

男人见了,很开心,女人也很高兴。

不觉间,这样快乐的时光一晃,眨眼就走了两个春天。

男人并没有像医生预料的那样,相反却活得好好的。

女人真兴奋,兴奋地对果树的照料更加殷勤了。

春天来了,女人给它整枝;夏天,女人给它逮虫子、打药;冬天,女人还用稻草绳把果树围起来,防止冻坏。

女人照顾果树跟照顾男人一样精心。

一晃又是几年,男人依旧满面春光,一点儿也没有要走的迹象。

女人更加开心了。

终于到了果树开花结果的年龄了。

女人为了确保挂果,特地围着苹果树扎起了一道防风的篱笆墙,而且,从养蜂人的手中要了几只蜜蜂来传播花粉,以便让苹果花受孕,结果。

不久,果树就挂果了。

大大小小的青果,一层层躲藏在绿叶底下,闪着青色的光泽。一阵风吹来,沉甸甸的。

苹果就要成熟的时节,女人却累倒了。

结果,男人带着女人一同去了县城医院,一查,发现男人根本就没什么癌症,这不能说不是个医学上的奇迹。相反,女人的日子却不多了。

没过几天,女人走了。

男人悲痛欲绝。

女人死后,男人就把这成片的土地都栽上了苹果树。再后来,为了纪念这段美丽的爱情,来这儿居住的人都栽苹果树,这还成了当地一条不成文的规定呢。

父亲的秋收

秋收时分,我打了个电话给父亲,遥远的电话那头,传来父亲喜悦的声音。父亲兴奋地对我说,家中很好,庄稼都进仓了,花生、玉米也囤在屋里,不用操心,把工作干好就行了。

我诧异。父亲的快乐就是我的快乐。

国庆节放长假,我带着妻子、孩子,拎着大包小包,直奔车站,乘车回家看望年迈的父母。

从长途汽车上下来,我们直奔向那熟悉而又亲切的家园。眼前似乎马上浮现出一幅老态龙钟、历经沧桑的画面,父母看到我们后那惊喜的神情将成为乡村经典的画面,或许身边还会有几只调皮的鸡狗之类不谙世事,围绕着孤独转着。

年少求学,工作在遥远的异地,留给父母的是孤寂的日头,这已经成为我内心深处的隐痛,总在下雨或者风雪的夜晚增添几多深刻。

走上村口,我就被秋天的丰收完全包围了。

金黄的稻田,在稻穗弯下腰的瞬间,晚霞映红了静谧的乡村,黄金般的玉米棒子沿着乡村的屋檐下一路排开,家门前堆满沉甸甸的花生果,把门口堵得实实的,村庄包围在丰收的中心,浓浓的秋韵笼罩着整个乡村。

家门口,母亲见到我们,一下子放下手中的玉米,把手朝围裙上使劲地擦了擦,把孙子抱得老高,一脸的笑容。父亲站在一旁,笑呵呵的。我有点纳闷,问父亲,这段日子怎么过的?家离集市远,买个菜不方便,很多时候吃菜就依靠门前巴掌大的母亲的菜园。父亲用爽朗的声音说,家里有粮食了,啥都有了啊!父亲竟把我带到这厢房那厢房的,所到之处,都是粮囤。父亲还说,去年的麦子我还没有卖呢！农民啊，握在手心的钱永远没有在家中的粮食更实在、放心哪！说完，那眼睛依旧停留在那粮仓和花生垛上，得意之情溢于言表。

饭后，我向父亲简单地说了说自己近况。父亲幸福地感慨道，好久没有尝到丰收的滋味了啊！

父亲说，诸如高官、厚禄、荣耀等那只是过眼云烟，虚无缥缈；能有个好的收成，家中锅满盘溢、健健康康就是实实在在的幸福；要求子女的就是工作勤恳、学习进步就是幸福。父亲对幸福的理解就像中秋的柿子、地里硕果累累的花生、金灿灿的玉米棒子，握在手掌心，这才是真实的。

父亲的快乐来自他的秋收，他在用诚实与勤奋、耕耘和收获教育我们，如何把握什么是幸福的人生！

过 中 秋

中国传统佳节——中秋节(江淮农村又叫团圆节)，随着这连绵的秋色和古典的诗境，栖息于时光的驿站，深藏着东方隽永的情结和文人墨客的诗心，古老而又经典，深邃又令人回味，而我却始终不能忘怀家乡的那年团圆节。我知道，那年的团圆节，是二姐的团圆节，一个人的团圆节，陪伴她的是热闹而又孤独的城市，还有遥远又沉默的乡村门楣。

我害怕过团圆节，害怕那金黄的秋色和硕果高挂的灯笼。大地的舞台上，年仅16岁的我还不能把握一把锄头，不能负担一枚稻穗的分量，这样的时刻到来，于我是一种伤感和忧郁。这样的秋色，属于谁？是年迈沧桑的父亲，还是满头风霜的母亲？父亲拿着我的录取通知书，无奈地遥望着门外的旷野，无语凝噎。母亲无助地盘坐在墙角，为我缝补即将负笈的行囊。二姐默默地站了起来，从乡村的田野和锅台旁站了起来，让我出去为弟弟打工吧。庄上，外出打工的人才开始。一些无法维持基本生活资料的人不得不远赴他乡。按照父亲的话，家里哪怕有一口粮，也不能出去，出外一时难哪！父亲年少当家，行船、打豆腐、打鱼，什么苦的活计都尝遍了，为了家园也漂了好几年，饱经风霜。再说，二姐识字不多啊！父亲坚决不同意，哪能把这么重的担子压在二姐瘦弱的肩膀上。父亲知道欠二姐的已经太多。其时，二姐已经到了该出嫁的年龄了。可是，为了我的学业，父亲强忍着让二姐再待上几年，为父亲、为家和我，再握紧木质的锄头，白天她在田野里和大豆、蒿草为伴，夜晚，她就和明月、锅台为伍，承担着家的重担，一头是年老的父母，一头是可爱的弟弟。

　　二姐走了。团圆节没过就走了，在没有月亮的夜晚，随着打工的潮水，就像一片落叶，在一场大水里，转眼不知飘落何方。只剩下一家人日夜的担心和思念，还有守望的那轮照耀千里的明月。直到有一天，一封遥远都市的来信，让一家人的心才稍微放下来。记得二姐在信里说，"……一切很好，我挣钱，弟要好好念书，爹妈别担心，我会每月寄钱回去的……"。后听回家的人说，二姐在遥远的山里采茶，上山下山90里，我的眼前一片模糊。那崎岖的山路上，那瘦小的身影在背井离乡的城市中，不就是一枚苦涩的茶叶？为我酿造的是生活的芬芳，于己却是极苦的浓茶啊！

　　那年的团圆节前夕，父亲不远千里，赶到云雾弥漫的山里，找到在茶场里劳作的二姐，苍老的父亲睁大眼睛，不敢让二姐看到他的内疚和伤心的泪水。父亲一把拽过二姐，二伢，我们走，回家过节去！二姐站在父亲的身旁，轻轻地对父亲说，我再坚持两年，等弟毕业了，我就回家过团圆节……父亲拖着二姐，二话不说，直往火车站去。二姐用她那撼人断肠的话对父亲喊道，我走了，弟弟的学费谁管？父亲瞬间苍老下去。父亲从怀里掏出母亲烙好的还沾着体温的糖饼，塞给了二姐，只好一个人跟跟跄跄地向车站走去。

　　那段岁月，每到团圆节，我们全家都会坐在月光下，把糖饼、月饼、水果摆上，包括二姐的一份，还有空空的座位。父亲则会守在电话机旁，耐心地等待二姐的电话，直到二姐从电话里传来，爹、妈，我好着呢，开始吧，我家的团圆节才开始。随即,四围的村庄燃起了熊熊火把,那耀眼的火光中,我仿佛看到了童年的二姐和我一起,奔跑在节日的欢乐里,我们开心地喧闹着、追逐着……

如今,我早已经毕业,在遥远的城市里工作着。二姐回来后,不久也出嫁了。出嫁那天,我背着二姐,一直走了好几里路,泪水也流了好久,父亲在家里没有出来,母亲追了好远好远。我知道,姐姐远嫁了,会有另外一个人去疼她,爱她,可是我该如何报答我的二姐啊!也许,我只能就这样背着她,走一段短短的乡路。多年以后,我一直痴迷于文字的描述,企图用稚嫩的笔写下对家园和二姐的感恩和思念。我是农家的土疙瘩,是他们用瘦弱又贫瘠的肩头升起我这颗月亮,给了我四处飞翔的翅膀。让我刻骨铭心的是,瘦弱的二姐,用她坚韧的力量和忍辱负重,承担起一家人的幸福、团圆和一个人的未来。

明月千里,恩情无限。祝福今生所有的团圆都属于情深义重的二姐。

三 人 行

麦子、谷雨和芒种是初中、高中时的同班同学,又都是老葫芦洼的崽儿。三个人一块穿开裆裤光着腚长大的,青梅竹马,麦子喜欢谷雨,但更喜欢芒种。

谷雨家非常殷实,父亲长年在外搞建筑承包,是老葫芦洼的首富,看着谷雨家那洋里洋气的小楼,全洼的人似乎都有点呼吸不畅,说话都阴阳怪气的,让人浑身起鸡皮疙瘩。所以谷雨在洼里人的眼里,是个小白脸。谷雨和麦子、芒种一起落榜后,谷雨接过父亲的班,干起了小老板。而芒种呢,和他"药罐子"的娘一起在洼里守着黄土地,守着贫穷的日头。

麦子倾向芒种,芒种比谷雨有灵气,活泼,又讨人喜欢。不像谷雨,一副呆木鸡、阔少的样子。

芭埂上，麦子坐在青青的绿芭埂草上，看着淮河的落日，河上的白帆。

谷雨说，麦子，我……我……谷雨脸憋得通红。麦子看着谷雨，我，我什么？说话嘴里咬个枣核似的。麦子嘴噘得老高。

谷雨天生就有点嘴拙。不像芒种。

芒种不知何时从哪采来一把野花，一本正经地，单膝跪在麦子的面前，美丽的姑娘，带着你的马车，你愿意嫁给我吗？麦子扑味一声就笑了，很灿烂。

娘不相信麦子会把一朵鲜花插在牛粪上，看着米箩不跳，非要蹦进糠箩。可是麦子的脾气娘是晓得的，她认准的事十头牛也拉不回来的，任性。

娘眨巴着眼睛看着门外六月的毒日头，喊道，麦子，跟娘锄草去，再不锄，草和黄豆一样高了。

黄豆地里，像是着了火般，人热得快要背过气了。麦子红脸赤脖，衬衫湿透了。娘说，穷人的命，你看人家谷雨就不受这样的罪了。

麦子知道娘话里的意思，我就嫁给芒种，吃糠咽菜我愿意嘛。麦子把锄向脚下一棵草尽力使去。

穷得连老鼠都吃不饱，怎养活你个大活人？娘有点生气了。

麦子理直气壮地说，你敢保证人家今后不会发财？

娘给噎得气都上不来。

爹见麦子鬼迷心窍，大发雷霆，说我们巴心巴肝地为你好，你却……爹把高扬起的巴掌没有打在麦子的身上，落在自己的大腿上。前些天，谷雨爹已经派媒人把彩礼准备好送来了，至于钱嘛，随麦子爹说了算，主要原因是谷雨看上了麦子，反正他家就谷雨这么一根独苗，花上十万八万也值得。

爹和娘欢天喜地地答应了，麦子肯定会同意的，他俩好着呢。麦子爹还客气地说，什么钱不钱的，只要麦子有好日子过做老的就安心了。

没想到，麦子死活不同意，她就要跟芒种在一起。

麦子冷冷地说，听人家说，有钱人心眼坏，再说谷雨家的钱是他爹挣的，又不是谷雨挣来的。

麦子躺在床上三天三夜，不吃不喝。爹娘又心疼，知道讲不信她，只好长叹了一口气。

婚后，芒种和麦子过得蜜似的。

可不久，柴米油盐渐渐地难倒了麦子。两人开始有了小小的摩擦了，越来越多。

芒种从地里一回到家，麦子就数落他，你看人家男人，大把大把挣钱，你呢？比人少什么啊？近年来，随着经济的搞活，各种厂办企业林林立立，洼里很多男男女女都外出打工了，腰包装满了钞票。

芒种心更烦了，他知道麦子矛头直指向谷雨的。

芒种很生气，好好好，我明天就走，行了吧？第二天没亮，芒种背着行囊，匆匆走了。

芒种走了。生活的重担一下子落在了麦子的身上。锅台地里，把麦子压得够呛，还要照顾芒种"药罐子"的娘，半夜里还要给娘煎药。午收或秋收时，麦子一个人忙不过来，谷雨看在眼里，就偷偷地趁着月色帮着她。麦子说过，有钱男人就学坏。谷雨知道麦子看不上他，谷雨不在乎，他愿意帮她，他觉得自己不是那种坏男人。

半年后，麦子开始接到在深圳打工的芒种汇的第一笔汇款了。2000块钱哪，把麦子喜得发狂。逢集，麦子上街，打鱼买肉，还给自己的爹娘做了两套衣服。其实，麦子想向他们证实，他们当初的想法是错的，芒种是好样的。

麦子的家门口，经常响起车铃声。

麦子，又来汇款单了。

麦子，快拿印章来，取钱。

这时，麦子就像过年似的，从屋里风风火火跑出来。

时间一长，麦子失落落的，面对花花绿绿的钞票，有点儿不放心的感觉。芒种挣到了钱，怎还不回来呢？

麦子跑到谷雨家，挺难为情地对谷雨说，谷雨，帮我问下，芒种什么时候回来？谷雨家在洼里第一家装上了电话，新鲜着呢。谷雨爹手里还拿着个匣子呢，还能听人说话。

谷雨从屋里出来,对麦子说,芒种说,明天就坐车回来了。

娘不顾年迈体衰,老早就起来了,杀鸡宰鸭,准备好好犒劳犒劳芒种。麦子也把自己拾掇起来,跟结婚似的,一身亮丽。

黄昏时分,一辆小轿车开进了葫芦洼,开到了麦子的家门口。从车上下来一个人,一看正是芒种,娘一把紧紧地抱住了他,麦子也流出了欢喜的泪。娘问,吃饭了吗?芒种不耐烦地说,在县城饭店吃过了。麦子和娘心一惊。

芒种说,车上还有人呢,接着从车上下来一个大腹便便的孕妇。

谁?娘疑惑了,赶紧问了声。您儿媳妇!

什么?我—儿—媳—妇—

那麦子呢?娘声音都大了。

一年后,单身的麦子找到了谷雨。谷雨,你还要我吗?要,要,麦子。我要你。谷雨还兴奋地说,麦子,这下你可以放心地喜欢我了,爹包的工程砸了,我一无所有了……

啊——麦子陷入了沉思。